ディスカヴァー文庫

くじら島のナミ

浜口倫太郎

Discover

目次

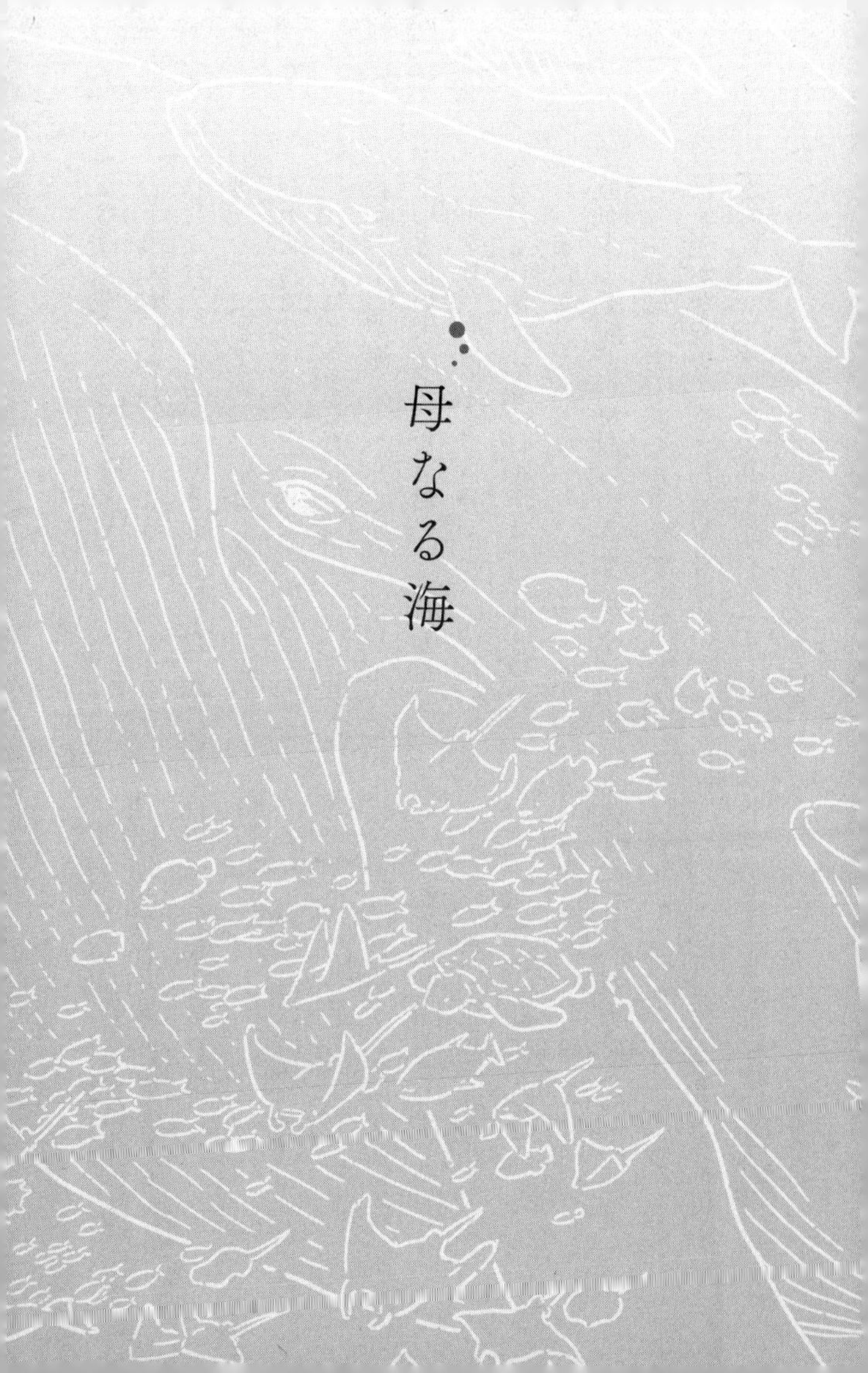

母なる海

「どうか、生きて……生きぬいてください」

びしょぬれの船員はそういうと、敬礼をしました。救命ボートに乗った乗客たちは、それにこたえる余裕がありませんでした。とにかくはやくここから逃げださなければ。頭は、そのことでいっぱいでした。

けれどもその中で、若い男女二人だけが頭をふかぶかと下げました。男の名はルーク、女の名はエマでした。

救命ボートが海の中へととびだしました。とたんに、全員の体がうきあがりました。とてつもない大波でした。波でゆられるたびに、あちこちから悲鳴がおこりました。

ルークは、先ほどまで自分が乗っていた船を見つめていました。肌をつきさすようなはげしい雨がふきつけてきます。ルークは一度メガネをはずし、指で水滴をふいてから、またかけなおしました。そして、目をほそめました。

あと少しで船首が海面につきそうです。甲板は、人がたてないほどかたむいていました。船の底に岩がぶつかり、そこから海水が入りこんでいるのです。三週間前、あれほど光かがやいて見えた豪華客船に、死の影がかぶさっていました。

さらに、ルークはあたりを見わたしました。自分たちのような救命ボートがあちらこちらに見えます。しかしそのどれもが高波にのまれ、今にもひっくりかえりそうです。波しぶきがルークをおそいました。冷たい。ルークは身ぶるいしました。

いくらライフジャケットを着こんでいようが、この海におちたらひとたまりもありません。ものの数分で死んでしまいます。

エマも、ルークと同じことを思いました。そして、知らず知らずのうちに腕に力を入れていました。胸元からわっと泣き声がしました。

「ナミ、ごめんなさい」

エマは、自分が抱いている赤ちゃんにあやまりました。それできげんがなおったのか、ナミは泣きやみました。

そのとき、大きな悲鳴がおこりました。エマはびっくりしてふりかえりました。高波のせいで、救命ボートのひとつがひっくりかえったのです。乗っていた人間は、全員船からふりおとされました。たすけようにも、この波ではちかづくことすらままなりません。海におちた人たちは波にのまれ、あっという間に見えなくなりました。ボートに乗った一同はふるえあがりました。数分後の自分たちの運命を、日のあたりにしてしまったのです。

このままではたすからない。せめて、この子だけでも……

エマは覚悟をきめると、うきわの上に木箱をのせました。船からもちはこんだ、じやがいもを入れるための木箱です。その中に毛布をしき、ナミをゆっくりと寝かせました。それから自分のライフジャケットをぬいで、木箱とうきわの隙間をうめました。ルークはすぐにエマの考えに気づきました。そしてライフジャケットをぬぎ、エマと同じことをしました。

「あなた……」と、エマはおどろきの声をもらしました。

ルークは首を横にふり、しずかにいいました。

「この方がたすかるだろ」

二人とももうわかっていました。

このあらしと海の冷たさでは、とうてい生きぬくことはできない。だから、せめてナミだけでも生きのこってほしい。それは、万にひとつの可能性かもしれません。けれどもそのひとつの可能性に、二人はかけることにしたのです。

木箱の中からむじゃきな笑顔を向けるナミを、ルークとエマはじっくりとながめました。この一瞬をいつまでも、たとえあの世にいったとしてもおぼえておきたい。そんな、まなざしでした。

そのときでした。とてつもない大きな波が、ボートにおそいかかりました。エマは背中でナミをまもりました。さらに、ルークがエマにおおいかぶさりました。その直後、二人ははげしい衝撃を感じました。

つかの間、エマは気をうしなっていました。われにかえるとすぐに、ナミのぶじをたしかめました。ナミは目をぱちくりさせて、こちらを見つめています。エマは、ほっと胸をなでおろしました。

けれども、ボートの上にはだれもいません。ルークの姿も見あたりません。みんな波にさらわれてしまったのです。

「あなた、あなた！」

エマは目をこらして、あたりをさぐりました。しかしふきあれる雨と風でなにも見えません。さらに、海がボートをどんどんとおくへおしやります。

しばらくして、ようやくあらしがおさまりました。先ほどまでの悪天候がうそのように、夜空は星でいっぱいです。

エマは、もう一度あたりを見まわしました。しかし、海以外に見えるものはありません。これほど冷たい海におちたのです。もう、ルークの命はないでしょう。ルークは二人をかばって命をうしなったのです。エマのひとみから、涙がこぼれおちました。

そのとき、エマはあることに気づきました。先ほどまでは、足首が海水につかっていました。ところが今は、それがすねのあたりにまであがってきているのです。あわ

てて その原因をさぐると、底に穴があいていました。どうやら岩にでもぶつけたみたいです。

エマはいそいで穴をふさごうとしましたが、道具がどこにもありません。しかたなく自分のコートをぬぎ、その穴におしあてました。でも、水のいきおいはとまりません。

とにかく水をへらさないと……エマはナミを安全な場所にうつすと、かたわらにあったバケツで水をかきだしました。冷水のせいで手はかじかみ、指はちぎれそうなほど痛みました。でも、そんなことにかまっていられません。つかれた体にむちをふるい、その作業をえんえんとつづけました。しだいに夜があけ、朝日がその姿をあらわしました。

ところが、水はどんどんかさを増してきます。もうボートはしずむ寸前でした。エマは心をきめました。自分のくすり指から指輪をぬくと、ナミをくるんだ毛布の中に入れました。それからうきわと木箱がはずれないように固定し、ナミをボートのはしにおしやりました。そして、自分は海につかりました。

冷たい……体温が一瞬で海水にうばわれ、つきさすようなしびれが全身をかけぬけました。さらに歯がガチガチとなりはじめ、体の感覚がすべてきえました。

けれどもエマはボートの上にあがることなく、ただひたすらたえしのびました。もしなにかのはずみでボートがひっくりかえったら、ナミが海におちてしまいます。

ナミが泣きはじめました。ごめんね。エマはそうあやまろうとしましたが、もう声をだす力もありません。その事実が、エマに死がせまっていることを告げていました。

　この子だけは、この子だけはどうにか生かしてやりたい……エマはあらんかぎりの想いを、そのふるえる手にこめて祈りました。

　そのときでした。とつぜんエマの体を黒い影がおおいました。もう意識をうしなう寸前で、エマはそれに気づきませんでした。

　それは、黒い壁でした。

　こつぜんと海の上に、巨大な壁があらわれたのです。そして空中に大きな目玉がうかびあがりました。それが、じろりとエマを見おろしました。

　その正体は、くじらでした。

　くじらといっても、そんじょそこらの大きさのくじらではありません。ふつうのくじらとはくらべものにならないほど大きなくじらでした。それは、まるで島でした。

　海の生きものたちは、このくじらをこう呼んでいました。

『くじら島』と。

この海のどこかに島ほど大きなくじらがいる。それは海の生きものたちのだれもが知っていることでした。そしてくじら島に出会ったことがあるものは、くじら島のくじらをとって、『ジマ』と呼んでいました。

ジマがいつからいるのか？　それはだれにもわかりません。みんなが生まれたころにはすでに、ジマはいました。それに海や空がいつからあるのかなんて、だれも考えすらしません。みんなにとってジマとはそういうものでした。

ジマ自身も、自分が一体何歳なのかがわかりません。年をかぞえるのが、とちゅうでめんどうになるぐらい生きているからです。

ジマは、エマの様子をさぐりました。もうその顔には血の気がなく、凍りついたようにまっ白でした。

もうこの人間はたすからないね。ジマはそう思いました。そして、そのかたわらにいるナミに目を向けました。ナミはまだ泣いています。

母親が死んで、子どもが生きているのか……わたしとは逆だね……

ジマはかすかに笑いました。それは、とても悲しげな笑みでした。

そこに、くじらの仲間であるマカロンがやってきました。

「だめだよ。ジマ。だれも生きちゃいないよ。それにしてもこの季節にここをとおるなんてね。ここは昨日みたいな大あらしがくる場所なのに。人間はそんなことも知らないのかなあ」

少しバカにしたように、マカロンは首をかしげました。そして、すぐにエマとナミの存在に気づきました。

「あれっ、その人間の赤ちゃんはまだ生きてるね？」

ジマはちらりとナミを見ました。

「……そのままにしておきな。母親といっしょに死なせてやろう」

マカロンの動きがとまりました。体がもぞもぞするような、おかしな間があきました。マカロンは、なにをするにしてもとにかくのろいのです。考えることも、体を動かすことも、ほかのくじらよりも時間がかかります。

やがて、マカロンはあきらめまじりの息をはきました。

「そうだね……くじらじゃ、たすけようもないもんね」

ジマは、ゆっくりとふり向きはじめました。動いているのかどうかわからないほどのおそさです。どうしてこれほど時間をかけているのか？　それはジマぐらい大きなくじらがいそいで動くと、大波がおこるからです。

するると視界のはしで、なにかが動くのをとらえました。

それは、エマでした。エマが顔をあげようとしているのです。まだそんな力がのこっていたことに、ジマはおどろきました。

エマはもう目の焦点があわせられないのか、どこを見ているのかわからないようなひとみをしていました。ただ、くちびるがこまかくふるえています。なにかつたえたいことがあるのだ、とジマは感じました。

しばらく、たがいがたがいを見つめあいました。まるで、目で会話をしているようでした。やがて、ジマが肩の力をぬきました。

「わかったよ。そんな目で見るんじゃないよ」

しかたなさそうにいうと、ジマのひげが動きはじめました。ひげが触手のようにひゅるひゅるとのびていきます。そして、そのひげをつかってナミを木箱ごともちあげ、自分の背中の上へとひきあげました。

「これでいいんだろ。この子のめんどうはわたしが見てやる。だからあんたは安心してあの世にいきな」

ありがとう……

エマはそう礼をいいました。けれども、もう声にはなりません。声どころか、くちびるをふるわせることもできません。ただ、ジマにはその感謝のことばがつたわりました。そしてわかったとでもいうように、軽くまばたきをしました。

のこりの力をふりしぼり、エマは小さく微笑みました。エマはそしてそれは、エマのさいごの笑顔となりました。エマは力つきたようにボートから手をはなし、そのまま海の中へときえていきました。

その光景に見入っていたマカロンが、はっとわれにかえりました。

「ジマ、その子をたすけてやるのかい？」

ジマは、やるせなさそうにこたえました。

「……しかたないさ。わたしの背中ならなんとかなるだろ」

ジマのてっぺんは、少しかわった形をしていました。ふつうのくじらのようなまるみがなく、たいらになっているのです。サッカー場ほどのひろさの部分が、ひらたくなっていました。だからジマの上に乗っても、すべりおちることはありません。大きさだけでなく、形も島に似ているのです。

またたっぷり時間をかけてから、マカロンが反応しました。

「そうか。それはいい考えだね」

ジマはもうすでにおよぎはじめていました。まってくれよ、とマカロンはあわてて追いかけてきました。

背中のゆりかご

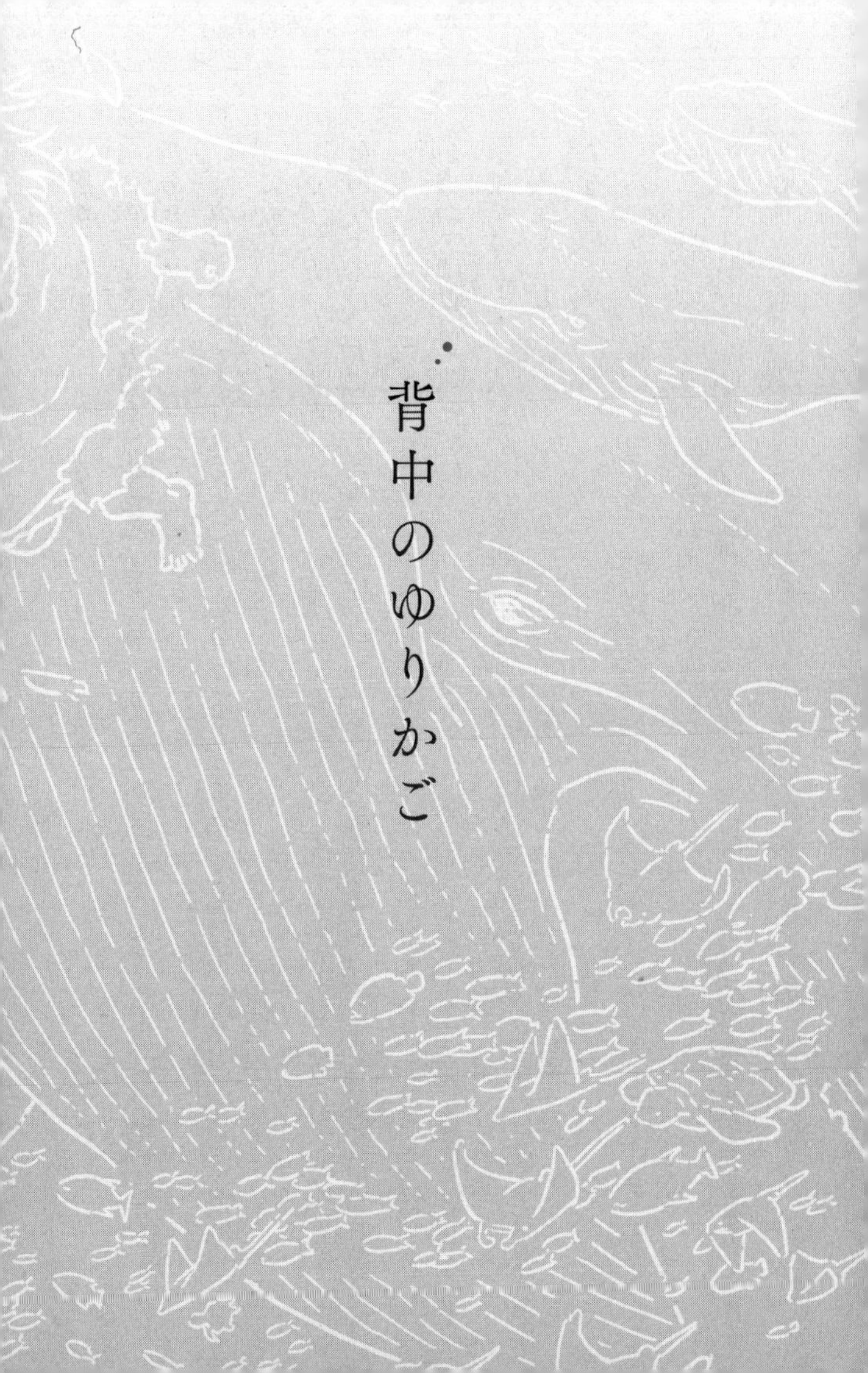

風が少ない場所までくると、ジマはマカロンを追いかえしました。ただでさえ赤ちゃんの世話をしなければならないのです。のんびりとマカロンの相手をするひまなんかありません。

マカロンはふてくされましたが、ジマにさからえるわけもありません。しぶしぶとどこかにいきました。

さて、どうしようか……ジマは途方にくれました。くじらの赤ちゃんを育てたことはありますが、人間の赤ちゃんを育てたことはありません。

オンギャアと赤ちゃんがわめきました。そうか、おっぱいをやらないといけないのか。ジマは腹の一部分に力をこめました。すると、鼻の穴からちょろちょろと潮がふきでてきました。水道の蛇口をほんわずかだけゆるめたような感じです。

人間とはちがい、くじらの鼻の穴は背中にあります。だからこの鼻の穴で呼吸をおこなうのです。

ふつうのくじらにとって潮をふくということは、ただ呼吸をするときにいっしょにおこる現象なのですが、ジマはちょっとちがいました。

ジマは、いろんな効果のある潮をつかいわけることができるのです。あるときは潮がくすりとなり、あるときは太陽から肌をまもるためのサンオイルにもなりました。

ジマぐらいすごいくじらだと、いろんなことができるのです。

今ふきあげている潮は白くにごっていました。これには、人間のおっぱいと同じ栄養がふくまれていました。

ジマは背中にいる赤ちゃんの位置をたしかめ、その口めがけてぴゅっと潮をとばしました。ギャアと赤ちゃんがはげしく泣きました。どうやら口に入らずに、服にひっかけてしまったみたいです。

ジマはあわてて背中から手を生やしました。ジマは背中の皮をつかい、人間の手のようにあやつれるのです。もう一度いいますが、ジマぐらいすごいくじらになるといろんなことができるのです。

けれど、うまく服をぬがせることができません。背中の手をつかうことなどめったになく、服をつかむことすらままなりません。何度もためしてみましたが、どうにもうまくいきませんでした。

しだいに、頭が重くなってきました。背中の手でこまかい作業をするのは、針の穴に糸をとおすことの、何十倍もの集中力が必要なのです。おかげで、へとへとにつかれてしまいました。

ジマはとうとうあきらめて、背中の手をひっこめました。ナミは、まだ泣きわめいています。みだれた息をととのえながら、ジマは頭を悩ませました。ふと、空をとんでいるカモメたちに目がとまりました。これだ、とジマは声をかけました。

「おい、おまえたち、こっちにきとくれ」

なんの用だろうと首をかしげながらも、カモメたちがやってきました。

その中に一羽、ずいぶんとはでなカモメがいました。頭の毛をさかだて、そこだけが赤色になっていました。それは、モメタという名のカモメでした。

そのモメタがたずねました。

「どうしたんだよ、ジマ?」

「モメタ、すまないけど、背中の上にいる赤ちゃんの服をぬがせてやってくれないか」

「ええっ、なんでおれがそんなことを……」

モメタは、あからさまにいやそうな顔をしました。カモメというのは、とにかくめんどうなことをいやがる鳥なのです。おそらくそうくるだろう、とジマはあらかじめ予想していました。

「そのかわりといっちゃなんだけど、とびきりおいしいさかなをやるからさ」

裏表をひっくりかえしたみたいに、モメタがうれしがりました。

「やるやる! 服なんかもう何枚でもぬがせてやるよ」

ほかのカモメたちも、はげしくくちばしをならしています。カモメは食い意地がはっているので、うまいさかなには目がありません。

モメタはジマの上におりたち、ナミの服をぬがせました。赤ちゃんの服はぬがせやすいので、モメタでもどうにかできました。

「なあ、ジマ！」

モメタが大声で呼びかけました。

「なんだい？」

「この服のはしっこになにか書いてるぜ。これ、字ってやつじゃないのか？」

「じゃあわたしに見せておくれ」

カモメは字を読めませんが、ジマなら読むことができます。

モメタが服をくわえると、そのひょうしになにかがころがりおちました。それはエマの指輪でした。なんだろうとよくしらべると、指輪の裏側になにか書かれていることに気づきました。

「ジマ、このきれいな輪っかにも字みたいなのが書かれてるけど、どうする？」

「じゃあ、それもいっしょにもってきておくれ」

モメタはとんでくると、ジマの大きなひとみの前で服をひろげました。ジマはその字を読みあげました。

「ナミって書いてるね。おそらくこの子の名前だろ」

モメタはケタケタと笑いました。

「ナミだって、おかしな名前だな」

「人間の名前なんてみんなおかしなもんさ。それにあんたの名前もじゅうぶんおかしいじゃないか」

「どこがおかしいんだ！　カモメ一かっこいい名前だろ」

モメタはくちばしをとがらせました。ほかのカモメたちが「どこがいちばんだ」「カモメの中でもおかしな名前だ」と口ぐちにはやしたてました。

「なんだと！」

モメタがカモメたちを追いまわしました。カモメという鳥は、すぐに腹をたてるのです。

「ああ、うるさい。しずかにしとくれ！」

ジマがしかりつけると、ようやくおとなしくなりました。こいつらにたのんだのは失敗だったかね、とジマは少しだけ後悔しました。

指輪の裏側には、ルークとエマという文字が書かれていました。

おそらくルークが父親で、エマが母親だろうね。あのとき死んだ母親の名は、エマというのかい……ジマは、エマのさいごの姿を思いかえしました。

ナミのかん高い泣き声が、ジマを現実へとひきもどしました。さっきよりも泣き声がはげしくなっています。はやく潮かミルクをやらなければ、このまま死んでしまうかもしれません。

それに人間の赤ちゃんを育てるのなら、服にオムツにゆりかご、とたくさんものが必要となります。海の生きもののだれも、そんなものをもちあわせていません。つまり人間の手をかりないことにはどうにもならないのです。

そこで、ジマはモメタに耳うちをしました。わかった、まかしてくれといいのこし、モメタはどこかにとんでいきました。

しばらくするとモメタがもどってきました。はあはあと息をきらしながら、くちばしをひらきました。

「ジマ、いたぞ。ここから北東九キロだ」

「ありがとよ」

ジマが動きだしました。いつもより速度がはやいので、あたりには大きな波が生まれています。海面からつきだした岩がその波をまともにうけて、こなごなにくだけちりました。

はるか向こうに小さな船が見えました。さかなをつかまえるための漁船です。ジマはすぐに速度をおとしました。これほどの距離からでも気をつけなければ、船が波でひっくりかえってしまいます。それから船のゆく先を見さだめ、その方向へ先まわりすることにしました。

船の操縦室では、一人の男が身をかがめながら操縦していました。なぜ背中をまるめているかというと、男の身長が高いからです。二メートル以上はあるでしょうか。かなりの大男でした。

顔も大きく、あごがつきでていました。あごがふつうだったらおれっちも女にモテたのによ、というのが男の口癖でした。

男の名前は、トシッチといいました。このちかくにある村で漁師をしています。今日は朝からさかなをとりにでかけたのですが、ちっともつかまえられずに、しょんぼりと港にひきあげるとちゅうでした。

トシッチがぼんやり海をながめていると、こつぜんと巨大な壁があらわれました。いそいで船をとめると、おそるおそる甲板へと足をふみだしました。

「なんでこんなところに壁が……」

トシッチがそうもらすと、上から声がふりおちてきました。

「壁じゃない。くじらだ」

トシッチは腰をぬかしました。そのひょうしに、目線を上にあげました。そこに、大きな目玉がうかんでいます。

壁だと思っていたものは、しんじられないほど大きなくじらでした。これほど巨大なくじらがこの世にいるなんて……

ジマは、なるべくおさえた声でいいました。

「おまえにたのみたいことがある」

つづけざまにくじらがしゃべったので、トシッチはぽかんとしました。

そこにモメタがくわわりました。

「おいおい、でっけえ野郎だなあ。こんなでっかいのに、よくこんなにちっちぇえ船に乗れるなあ」

村の連中と同じことを、カモメの口からいわれました。

トシッチはさかなの居場所をさがしあてることが、とくいではありません。そのおかげでかせぎもわるく、こんなに小さな船しか買えないのです。だから体を曲げながら操縦するトシッチを、漁師仲間たちはからかっていました。

「くじらとカモメがしゃべった……」

モメタまでもがしゃべったので、トシッチはさらにこんらんしました。

「おいおい、そんなずうたいしてなにびびってんだよ。くじらもカモメもしゃべれるぜ。バレたらめんどうだから人間にはないしょにしてるだけだ」

モメタがおもしろそうにいうと、ジマがしかりつけました。

「あんたは少しだまってな。話がちっとも前にすすみやしない」

「わかったよ。そんなに怒るなって……」

モメタがわざとらしくくちばしをとじました。ジマは一息はくと、さっきよりもやさしい声でいいました。

「いいかい、おちつきな。わたしはくじら島だ。このあたりの海の主だ」

「海の主……」

トシッチの緊張が少しゆるみました。海をなりわいとする男たちは、『海の主』ということばによわいものです。

「そうだ。あんたをみこんでたのみたいことがある」

「たのみがあるって、一体なんだよ？」

「人間の赤ちゃんのための品がほしいんだ。今からいうものをもってきておくれ。まずは哺乳瓶、そして赤ちゃん用の肌着にオムツ……紙じゃなくて布オムツにしておくれ」

なぜくじらが赤ちゃん用品をほしがるのかわかりませんが、さからえばなにをされるかわかったもんじゃありません。トシッチはふるえる手をおさえながら、手帳に書きとめました。

ジマはさいごまでいいおえると、

「じゃあたのんだよ。ここでまっているからすぐにもってくるんだ。すぐだよ」

と、船のとおり道をあけました。トシッチは何度もうなずくと、逃げるようにしてその場からたちさりました。

モメタがうたがうようにいいました。

「あの野郎、もどってくるかなあ」

「もどってくるさ」

ジマは短くこたえました。

しばらくすると、船がこちらにやってきました。「本当だ。きたぜ」とモメタがはしゃぐと、ジマはにやりと笑いました。

港にもどるとすぐに、トシッチは注文の品を買いあつめました。買わないわけにはいきません。なにしろあんなに大きなくじらです。怒らせでもしたら、船どころか村ごとこわされるかもしれません。

トシッチはひとり身で子どもがいません。子育て経験のない男性が赤ちゃん用品を買うのは、案外むずかしいものです。そこで近所のお母さんたちの手をかりました。ジマの注文以外にもあったら便利なものもつけくわえてくれました。さすがお母さんたちです。

船をとめて甲板にでると、トシッチはおどおどといいました。

「かっ、買ってきたぜ……」

「ああ、ありがとよ」

ジマは小さく口をひらきました。船がするすると口の中にすいこまれていくので、トシッチはうろたえました。

「ちょっ、ちょっとまってくれよ！　用がすんだら食べるなんてあんまりじゃねえか！」

「べつに食べやしないよ。いいからそのままじっとしてな」

うるさそうにいうと、ジマは船をお腹の中におさめました。

あたりはうすぐらく、滝がおちるような音がひびいています。ぶきみなどうくつに迷いこんだ感じです。なにげなく横を向いて、トシッチはびくっとしました。ボロボロの大きな船がうかんでいたからです。一体おれっちはどうなるんだよ……もう生きた心地がしませんでした。

まん中あたりまでくると、天井から光がもれていました。それが海面に、ひときわ大きな円をえがいています。船がその円の中心にくると、地ひびきみたいに船の底がゆれました。そして、いきなり船がうかびあがりました。

「ギャアアアア！」

トシッチは悲鳴をあげ、腰をぬかしました。長いあいだ漁師をしていますが、船がうかんだ経験はありません。

船は、そのまま上へ上へとのぼっていきます。そして、ある地点でとまりました。甲板《かんぱん》からの景色を見て、トシッチはあぜんとしました。腹の中にいると思っていたら、いつの間にか太陽の下にでて、いつもの海をながめています。なにがどうなっているのか、さっぱりわかりません。

船をおしあげたものは、ジマの潮でした。ジマが潮をふく力は、船をかるがるはこんでしまえるほど強いのです。

ジマが船を背中にのせると、潮がひいていきました。かわりにジマの声がひびきわたります。

「ここは、わたしの背中だよ。買ってきた哺乳瓶にミルクを入れて船からおりるんだ」

「わっ、わかった」

とにかくいわれたとおりやって、さっさとここからひきあげよう。トシッチはそう心にきめると、いそいでミルクをつくりだしました。ただミルクなどつくったことがないので、まずは説明に目をとおします。

「ミルクは人肌まで冷ましてください。そのままのませると赤ちゃんがやけどをします……ってそりゃたいへんだ」

お湯をわかし、ミルクをとかします。でも冷やそうにも船には氷がありません。しかたがないので、冷蔵庫に入れていたビールを氷がわりにして、ミルクを冷やしました。腕にミルクを一滴ずつたらして温度をたしかめます。ですが、どれがちょうどいい温度なのかさっぱりわかりません。おかげで、トシッチの腕はミルクまみれになりました。

「なにしてんだ。まだかい」

ジマのいらだった声で船がふるえました。

「はい、はい。ただいま」

トシッチは哺乳瓶を片手に、いそいで船をとびおりました。ジマの背中に足をつけると、ぶあついゴムのような感触がしました。

ミルクに反応したのか、ギャアアッとナミが泣きました。そこでようやく、トシッチはナミのことに気がつきました。

「なんでこんなところに赤ちゃんが……」

赤ちゃん用品がいる理由が今わかりました。ただ、なぜくじらの背中に赤ちゃんがいるのかはわかりません。

トシッチがとまどっていると、ジマがせかせかといいました。

「それを、その赤んぼうにのませるんだ」

「はっ、はい！　すぐやるよ」

トシッチはナミを抱きあげました。えっと、頭のうしろに手をやってと……あとはどうやるんだっけな？　おいっ子を世話したときのことを思いだしながら、哺乳瓶の先っぽをナミの口にふくませました。

もうれつないきおいで、ナミはミルクをのんでいます。よっぽどお腹がすいていたのでしょう。

「どうだい？　のんでるかい？」

ジマの問いかけに、トシッチは大声でかえしました。

「ああ、めちゃくちゃのんでるよ！」

安心したのか、ジマは体の力をぬきました。背中がしずみこんだので、トシッチはあやうくこけそうになりました。

「おいおい、気をつけてくれよ。赤ちゃん抱いているんだからよ」

「すまない。わるかったね」

どうやらそれほどわるいやつじゃなさそうだな。トシッチの体からこわばりがとけました。

「つぎはオムツと服を赤ちゃんに着せてやってくれ」

「はいはい。もうなんでもやりますよ」

トシッチがなげやりにいうと、モメタがこちらにやってきました。

「おっ、やってるな。ちゃんとナミの世話できてるか？」

「……やってるよ」

もう、カモメがしゃべることにもなれてしまいました。

「それよりこの赤ちゃん、ナミっていうのか？」

「ああ、そうだぜ。へんな名前だろ」

「そうか……ナミか……海の名前だな」

そうつぶやくと、トシッチはまじまじとナミを見つめました。ミルクをのんで満足したのか、うつらうつらしています。

名前とはふしぎなものです。赤ちゃんの名前を知ったとたん、抱いているその手に明かりがともったような気がしました。

さらにオムツをかえて、服を着がえさせてやります。トシッチの手つきがぎこちないのでモメタがからかっていると、

「おまえもやりかたをおぼえるんだ。これからナミの着がえはおまえも手伝うんだよ」

ジマが口をはさみました。

「えっ、なんでおれが……」

と、モメタは不満をたれながらもくちばしをうまくつかい、服を着させる練習をしました。

つづけて、トシッチが船の荷物を背中におろしていきます。オムツに服にゆりかごに赤ちゃん用のふとん。小型のテントや、日よけ用のパラソル。お母さんたちにいわ

れて買いたした便利な品もの、鼻水をすってやるストローなども置きます。ナミも、木箱からゆりかごへとうつしました。

ジマがたずねました。

「あれは、あったかい？」

「ああ、おれの家に一台つかってないやつがあった」

トシッチは、船からある機械をはこんできました。それは、無線機でした。とおくはなれていても、これさえあれば連絡をとりあえるのです。

トシッチは、ジマの背中に無線機をとりつけました。かんたんにはずれないように、がっちりと固定しておきます。それから、ジマにつかいかたをおしえました。

ためしにやってみようかね、とジマは背中から手を生やしました。トシッチはおどろきません。もうおどろくことがバカらしくなったのです。

背中でこまかい作業をするのはむずかしいのですが、これならどうにかなりそうです。ジマは無線機の電源をおとしました。

「ありがとよ。またなにかたのむときはこれで連絡をとって、わたしのいる場所をおしえるから」

「……ああ、わかった」

またここにくるのか……トシッチは心の中でため息をもらしました。その吐息がきこえたかのように、ジマがこんなことをいいだしました。

「もちろんタダとはいわないよ。おまえはこのあたりで漁をしているんだろ。さかながたくさんとおる場所をとくべつにおしえてやろう」

「ほっ、本当か！」

トシッチが鼻の穴にかぶりつきました。漁師にとってさかなの居場所をおしえてもらうということは、宝もののありかをおしえてもらうようなものです。

「この海でわたしの知らないことなんてないさ」

ジマは、さかなのとおり道をことこまかにおしえてやりました。トシッチはひとことも書きもらさないようにペンを走らせました。

「おっ、おい、おれは、おれは」

モメタがさわぎたてました。返事をするかわりに、ジマはほそ長い潮をふきあげました。その潮の中には、さかながふくまれていました。モメタはするどく反応すると、空中でキャッチしました。くちばしを上に向け、のどをならすようにさかなをのみくだしていきます。そして、感激の声をあげました。

「うめえ！　なんだ、このさかな……はじけるようなくちばしごたえに、とろけるほどまろやかなあぶらみ。そして、ほのかにただようこのなんともいえない甘味……うめえ！」

ジマはひそかに笑いました。

「そうだろう。わたしは世界中の海をまわったときに手に入れた極上のさかなを、こうして消化せずに腹の中でためているんだ。ナミの世話をきちんとしてくれるなら、これからもこんなうまいさかなをやってもいいんだけどねえ」

「する！　これだけうめえさかなが食べられるなら、なんでもする！」

モメタはくるくると空をとびまわりました。一人と一羽の世話がかりが見つかりました。これでどうにかなりそうだ、とジマはほっとしました。

すべての用事もおわり、トシッチは帰ることにしました。操縦室に入ろうとしたとき、ゆりかごでゆれるナミが目に入りました。背中の手をつかい、ジマがゆらしてやっているのです。

満足そうに眠るナミを見つめながら、「なあ」とジマに呼びかけました。

「なんだい？」と、ジマがききかえしました。

トシッチはなにげなくいいました。

「この赤ちゃんさあ、なにもこんなところで育てなくてもいいんじゃねえのか。あんたも人間の子どもを育てるのはたいへんだろ。おれっちが村で、だれかこいつのめんどうをみてくれそうなやつをさがしてやろうか？」

ジマはなにもこたえません。なにか気にさわることでもいったのか、とトシッチは不安になりました。

ジマはべつに怒ってなどいませんでした。

たしかにトシッチのいうとおりだ。そう考えていたのです。なにもくじらが人間の子どもを育てるようなめんどうをしなくとも、人間のだれかに育ててもらえばいいのです。どうしてこんなかんたんなことに気づかなかったのか、と自分にあきれました。

ジマが、はれやかな声でいいました。

「そうだね。そうしてもらえるとわたしもたすかる。すまないけど、あんた、たのまれてくれるかい？」

「ああ、うちの村には子どもがいない夫婦もおおいしよ。喜んで育ててくれると思うぜ」

もうこれでここにこなくてもいい、とトシッチは胸をなでおろしました。そして船からおりて、ゆりかごで眠るナミを抱きあげました。

「ギャアアアア！」

とつぜん火がついたように、ナミが泣きだしました。トシッチがうろたえました。

「おいおい、なんだよ。おれっちなにかしたのかよ」

「とっ、とりあえずゆらしてみな」

ジマもあわてていいました。いわれたとおりにトシッチはゆらしたり、高い高いをしたりしてみましたが、まったく泣きやみません。

どうしていいかわからず、トシッチはナミをゆりかごにもどしました。すると、ナミはぴたりと泣きやみました。

トシッチは、ひたいの汗をぬぐいながらいいました。

「……この赤ちゃん、ここにいてえみたいだな」

ジマはあきらめたようにかえしました。

「しょうがないね。しばらくのあいだはわたしがこの子のめんどうを見ることにするよ」

それがきこえたかのように、ナミはにこりと笑いました。ただ、だれもその笑顔には気づきませんでした。

トシッチは帰っていきました。ゆりかごにゆられ、ナミはすやすやと眠っています。

トシッチの船が見えなくなるまで、ジマはそのうしろ姿をながめていました。

　こうして、ジマとナミの生活がはじまりました。

　ジマの背中の上で、モメタがなにかと向かいあっています。それは、背中の手でした。

「ジマ、いくぞ。じゃ、んけん……パァ。またおれの勝ちだ」

　背中の手はグーの形をしていました。モメタがあきれたようにいいました。

「なんだよ。ジマ。ほとんどグーかパーじゃねえか。たまにはチョキぐらいだせよ」

「……うるさいねえ。チョキはむずかしいんだよ」

　ジマはチョキをつくろうとしましたが、指がふるえるだけで形になりません。あまりのもどかしさに、あきらめて手をひっこめました。

　ナミの世話をするには、背中の手を自由自在につかえなければ話になりません。そこでジマは、毎日背中の手を動かす練習をやっていました。

「ギャアア！！！」

　ナミが泣きだしました。モメタがぶるっと体をふるわせました。

「ほらほら、地獄の時間がはじまったぜ」

　よしっとジマは気合いを入れ、背中の手を何十本も生やしました。その一本が哺乳瓶をひろいあげると、手から手へとうけわたして、鼻の穴のふちまではこんでいきます。なんども哺乳瓶をおとしましたが、そのたびにひろいなおし、どうにかはこびおえることができました。

鼻の穴から潮がふきでてきました。それを哺乳瓶に入れようとしますが、手がふるえてうまく入りません。

モメタがじれったそうにいいました。

「ああ、なにやってんだよ。右だよ、右」

「うるさいねえ。わかってるよ」

潮をふくのと同時にそれを哺乳瓶に入れるのは、右手と左手でまったくちがう作業をするようなもので、とにかくむずかしいのです。

モメタにいらいらしながらも、ジマはなんとか哺乳瓶に潮を入れることができました。集中しすぎたせいか、頭が痛みはじめました。

ナミがさらに泣きさけびました。ジマがいそいで哺乳瓶をやると、ナミはかぶりつくようにのみはじめました。そこでようやく、ジマとモメタは一息つきました。

ところが、ナミはミルクを全部のんでもまだ泣いています。モメタがおろおろしながらききました。

「おいおい、なんで腹いっぱいになったのに泣くんだよ」

「オムツが気もちわるいのかもね。かえてやらないと」

「またかよ……一体なんかいかえりゃいいんだよ……」

「しかたないだろ。わたしがかえるから、あんたは洗濯にいっとくれ」

「……めんどくせえなあ」

と、モメタはげんなりしました。

ふたたび気合いを入れて、ジマは手を生やしました。ナミの服をぬがせ、オムツをかえてやります。モメタはよごれた服やオムツをかごにいれ、そのとってをくちばしにくわえました。そして、ため息まじりにいいました。

「……じゃあ、いってくる」

「ああ、たのんだよ」

モメタは気だるそうにとびたつと、まっすぐ陸へと向かいました。かごの重みにひっぱられ、なんども足が海面につきそうになります。ふつうにとぶよりも、何倍も体力をつかいます。

それにこのにおい……オムツからただようおしっことうんちのにおいで、モメタは頭がくらくらしてきました。

それを我慢しながらとんでいると、森が見えてきました。その森の木々にまもられるようにして、まん中に大きな湖があります。

海とちがい波ひとつなく、あたりはおだやかな空気で満ちていました。はじめて湖を見たとき、海と同じ水のかたまりなのにどうしてこうもちがうのか、モメタにはふしぎでした。でも今は、そんなことを思いすらしません。モメタの頭の中にあるのは洗濯のことだけです。

湖のほとりにかごを置くと、木の裏にかくしている洗濯板とせっけんをとりだしました。リスにでもかじられたのか、せっけんのかどがかけていました。

洗濯板を湖のそばにある木のくぼみに固定します。このくぼみを見つけるのにも苦労しました。よごれものを湖にひたし、せっけんをこすりつけます。それからくちばしで服をくわえ、おもむろにあらいはじめます。

何枚かあらえたところで首がもげそうなほど痛みはじめ、息もきれてきました。モメタはちらりとかごに目をやりました。洗濯ものの山はちっともへっていません。

「やってられるか！」

と、ごろんとあおむけになりました。

空は青くすみわたり、一羽のすずめがそこを横ぎりました。そういや空から地面や海を見おろすばかりで、空を見あげるのはひさしぶりだな、とモメタはぼんやり思いました。そしてその空の青さが、心をおちつかせてくれました。そのときです。ふいにナミの泣き声がきこえたような気がしました。

モメタはむくりと体を起こすと、

「……さあ、やるか」

と、ふたたび洗濯をはじめました。

山のような洗濯をおえ、モメタがもどってきました。帰りは洗濯ものが水をふくんでいるため重くなり、いきの倍以上たいへんな目にあいました。

「おわったぜえ……」

はあはあとあえぎながら、モメタはその場にたおれこみました。

「ごくろうさん。ありがとよ。さかなでもいるかい？」

ジマがそうきくと、モメタは首をふりました。

「……あとでもらう。今、さかななんか食べたらのどにつまらせて死んじまうよ。それよりナミはどうだい？」

「やっと、寝てくれた。今まで背中の手でゆらしてたんだよ」

はあ、とジマはため息をこぼしました。そうかあ、とモメタも力をぬきました。そしてどちらもだまりました。もうつかれすぎて、口をひらく元気もないのです。

でもナミが寝ているあいだは休めるな、とジマとモメタが同時に思った瞬間、ナミがギャアアッと泣きだしました。

空耳であってくれとねがいましたが、泣き声ははっきりときこえてきます。モメタはぽつりといいました。

「……ジマ、泣いてるぜ」

ジマはだまったまま、背中から手を生やしました。

そんなふうにして、数ヶ月がたちました。

ジマとモメタは、必死でナミの世話をしました。人間の子どもを育てるといってもそれほどたいへんではないだろう。さいしょ、ジマはそう気楽にかまえていましたが、まさかこれほどしんどいとは思いもしませんでした。

ジマは、自由に背中の手をあやつれるようになりました。今はじゃんけんも完璧にできます。哺乳瓶に潮を入れるのも、かんたんにできるようになりました。モメタも洗濯の腕をあげ、短い時間で何枚もあらえるようになりました。

ただ子育てのたいへんさは、一向にかわりありません。それどころか、前以上にきつくなりました。

ジマは、いつものように背中の手でナミをゆらしていました。ナミは目をとじて気もちよさそうに眠っています。その寝顔をながめながら、モメタがひそひそといいました。

「今だ、ジマ。そっと、そっとだぞ」

爆弾でもあつかうようにゆっくりと、ジマはナミをゆりかごにうつしました。それから頭のしたじきになっている手を、じっくり時間をかけてひきぬいていきます。ここをいそぐともともこもありません。

モメタは目を大きく見ひらき、はらはらとその様子を見つめていました。

ようやく指だけが頭にあたるところまできました。ナミの呼吸にあわせて、ジマは一気に手をひきぬきました。

よしっ、うまくいった、とジマは心の中でさけびました。モメタも音をたてずにとびはねました。けれどもその直後、ナミの目がぱちりとひらきました。

モメタががっくりとうなだれました。

「あー、またたよ。また起きた」

そういうと同時にナミが泣きだしました。ジマがふたたびナミを抱き、モメタが頭をかかえました。

「なんで下に置いたら泣くんだよ。おまえはさあ」

ナミをゆらしながら、ジマもげんなりしました。

ここさいきん抱くのをやめると、ナミが泣きわめくのです。そのため、ジマはつねにナミを抱かなければなりません。どこにも休める時間がないので、ジマはくたくたにつかれきっていました。

「おーい、みんな」

と、下の方から声がきこえました。ジマが目をやると、船の上からトシッチが手をふっていました。

ジマとモメタは少しおどろきました。というのも、トシッチの船があたらしくなっていたからです。前のようなボロボロの小さな漁船ではなく、洗濯したての白いシーツのように、きれいな船にかわっていました。

ジマはひげをつかい、トシッチだけを背中の上にひきあげました。潮をふきあげて船をあげるのは体力をつかうため、ちかごろはいつもこうしていました。

モメタがさっそくたずねました。

「ようよう、どうしたんだい、あの船はよ」

トシッチが胸をはってこたえました。

「買ったんだよ。いい船だろ。頭が天井にぶつからねえんだぜ」

トシッチは、うれしそうに自分のひたいをなでました。

さかなのとおり道をおしえてもらったつぎの日、トシッチはさっそくその場所に向かいました。本当にいるのかようたがいながらも、そこに網をおろし、たっぷり時間をかけてからひきあげました。

トシッチは目をまるくしました。あふれんばかりのさかなで、網がぎっしりうまっていたからです。あっという間に一流漁師の仲間入りをはたし、とうとう新品の船も買えるようになったのです。

「そんなことどうでもいいからナミを抱いといてくれ」

ジマはトシッチにナミを手わたすと、ほっと力をぬきました。トシッチがいるときだけが、ジマがゆいいつ気をぬけるときなのです。まさかトシッチの存在が、これほどありがたいものだとは思いもよりませんでした。

「ジマあ、ナミを見せておくれよお」

マカロンの声がしました。ほかにも何頭かのくじらがいました。せっかく休めるところなのに、とジマはがっくりしました。でもほうっておくわけにもいきません。

ひげでナミを抱き、マカロンの方にまではこびます。はたから見ていると、赤ちゃんが空中をとんでいるみたいです。瞬時のうちに、ナミはマカロンの目の前まできました。

「うわあ、かわいいねえ。ちょっと大きくなったかなあ」

マカロンがきいろい声をあげました。ほかのくじらたちもわいわいとさわぎたてています。

くじら島のジマが、人間の赤ちゃんを育てている。

このニュースは、あっという間に海の生きもののあいだでひろまりました。モメタとマカロンがいいふらしているのです。そのおかげで、くじらたちはこぞってナミを見にくるようになりました。まるで、くじらたちのアイドルでした。

マカロンが、ふと思いだしたようにいいました。

「そうだ。そうだ。トシッチにおみやげをもってきたんだ」

顔を下に向けると、トシッチは大声でききかえしました。

「みやげってなんだよ。マカロン!」

もう、マカロンとトシッチは友達です。

「うん、ちょっとまってよ」

と、マカロンはひれにかかえていたものを見せました。

トシッチが顔をかがやかせました。

「おい、おい、まさかそんなでっけえのをおれっちにくれるのか？」

「うん、そうだよ」

それは、大きなマグロでした。ありがてえ、とトシッチはとびはねました。これだけすごいマグロなら、かなりのお金になりそうです。

「じゃあ、なげるからねえ」

マカロンは胸びれの上にマグロをのせると、いきおいよくほうりなげました。マグロはくるくるまわりながら空中をとんでいきます。

けれど力かげんをまちがえたのか、ジマの背中の上を大きくとびこえ、向こうがわの海へとおちてしまいました。

「おい、おい、たのむぜ、マカロン」

トシッチが肩をすくめた瞬間、ドゴンというすさまじい音がひびきました。それは、なにかをぶちこわすような音でした。

いやな予感が、トシッチの胸をかけぬけました。はずれてくれとねがいながら、マグロがおちた方の海を見おろしました。そして、悲鳴をあげました。

「ギャア！！！　船が、おれっちの船があ！」

操縦室の天井にマグロがつきささっていました。なんだなんだ、とマカロンとくじらたちが船の方にちかよりました。モメタはマグロがささった船を目にして、ゲラゲラ笑いだしました。

「なんだよ。買ったばかりの船なのにもうこわれちまったじゃねえか」

そのひとことで、ジマもふきだしました。ほかのくじらたちもはじけるように笑いました。トシッチが目をむいてどなりました。

「笑うな！　おい、マカロン、なんでおめえまで笑ってんだよ。おめえのせいでこんなことになってんだぞ」

「だって、おもしろいんだもん」

そのときでした。ナミがキャッキャッと笑い声をあげました。うれしそうに手足をばたばたさせています。トシッチが天をあおぎました。

「おいおい、なんだよ。なんでナミまで笑ってんだよ」

さらに、みんながどっと笑いました。

ジマは、じっくりとナミの笑顔を見つめました。そうしていると、あれほどのつかれがうそのようにきえていくのです。赤ちゃんの笑顔とは本当にふしぎなものです。お母さんたちはみんな子育てでへとへとですが、この笑顔から力をもらっているのです。

さあ抱いてやるか、とジマは気合いを入れなおし、また背中から手を生やしました。

それから半年ほどがたちました。

ナミはハイハイができるようになり、すぐに歩けるようになりました。ナミがなにかできるようになるたびに、みんなは大はしゃぎしました。

大きくなるにつれて、トシッチがもってくるものもかわりました。服やオムツのサイズが大きくなり、赤ちゃん用の食べものが入った瓶づめなども必要になりました。

トシッチは服を着せるたびに、「ジマ、七十センチだぞ。七十センチだ」とか「ほらっ、八十センチだぜ。大きくなったなあ」とおしえてくれました。

くじらとちがい、人間は服のサイズでどれだけ大きくなったかがわかります。そのことが、ジマには愉快でなりませんでした。

とはいえ、子育ての苦労はなくなりません。

抱いてゆらさなくてもナミは寝てくれるようになりました。ですが、そのかわりにあちこち動きまわります。ジマの背中はサッカー場よりもひろいのですが、そのはしからはしを、ナミはあっという間にかけぬけます。

ほうっておけば、そのまま海へとおちてしまいます。そこで、ジマは背中の肉をもりあげて壁をこしらえました。これにはかなりの体力を必要とします。そのきつさにジマは悲鳴をあげそうでした。

そんなふうにして一年がたち、ナミは二歳になりました。いつものようにトシッチがやってきました。

「よう、元気でやってるか」

ナミとモメタはトシッチの顔を見ていません。その視線は、トシッチの手にそそがれていました。

「スイカ！」

ナミがはじかれたようにさけびました。ナミはもうしゃべれるようになりました。とめどなくずっとしゃべっています。

「おい、おまえにしてはでかしたぞ、トシッチ」

と、モメタがのどをならしました。スイカはモメタの好物でした。

トシッチは小屋から子ども用のビニールプールをもってきました。

この小屋は、トシッチがたてたものでした。さほど大きくはありませんが、かなりがんじょうなつくりで、ちょっとぐらいのあらしならびくともしません。ナミは、この小屋の中で寝起きをしていました。

一体プールをなににつかうのだろう、とナミはわくわくしながら見まもりました。トシッチはビニールプールを背中に置くと、ジマに呼びかけました。

「なあ、ジマ。ここに潮を入れてくれないか？」

ジマはだまって潮をふきだしました。きれいな曲線をえがいて、プールに潮がそそぎこまれていきます。潮がプールの底をたたくけいかいな音が、まわりにひびきました。あっという間に、プールは潮でいっぱいになりました。

それからトシッチは、肩にかついでいたクーラーバッグをおろしました。そのふたをあけると、氷がぎっしりつまっています。それをさかさまにして、プールにどぼどぼとおとしました。

とうとう我慢できずに、ナミがききました。

「なにしてる？」

「いいからだまって見てろって」

トシッチはにやりと笑いました。そして、スイカをプールの中にひたしました。

モメタがうなりました。

「なるほど。スイカを冷やすのか」

ナミがモメタの方に顔を向けました。

「なんで、冷やす？」

トシッチがかわりにこたえました。

「スイカってのはな、冷やして食うのがいちばんうめえんだよ」

「へえ」

と、ナミが目を大きくしました。

「キンキンに冷やしたスイカほどうめえもんはねえぞ」

「はやく食べる」

ナミはこぶしをかためて、スイカをたたきわろうとしました。トシッチはあわててとめました。

「バカ、そんなにすぐに冷えるかよ。冷えるまでしばらくまつんだよ」

はやく食べたいのに、とナミはふくれっ面になりました。子どもにとって、まつことほどむずかしいことはありません。

トシッチは、今から用事があるからと村にもどりました。モメタもカモメの集会があるというので、はなれることになりました。

とびたつ寸前で、モメタはくぎをさしました。

「ナミ、いいか。もどってくるまでスイカを食べるんじゃねえぞ。わかったな。ぜってえのこしておくんだぞ」

「うん」

あと三回同じことをくりかえし、モメタはやっととびたちました。

ナミはひざをかかえ、じっとスイカを見つめていました。ナミがめずらしくおとなしくしているので、ジマは体の力をぬきました。

やわらかな風がそよいでいます。それを体全体で感じていると、ジマはしだいにまどろみはじめました。日ごろのつかれが、まぶたをとじさせていきます。

ふと目がさめると、あたりは暗くなっていました。灰色の雲が空をうめつくし、すさまじいいきおいの雨と風がふきつけています。いつの間にか、あらしの中に入っていたのです。

ジマはつねに空を見あげて、あらしにあわないように注意していました。こんな失敗をするのは、はじめてのことでした。

ナミはどうしてるんだ……

ジマは背中に神経を集中させました。ナミの重みを感じ、その存在をたしかめるのです。ですが、ナミはどこにもいません。

ジマは、もう一度ためしました。小屋、テーブル、イス、ビニールプールと中に入ったスイカ……それらを感じることはできるのですが、かんじんのナミの重みがどこにもありません。

海はあれくるっています。こんな海の中におちたら、小さな子どもなどひとたまりもありません。ジマは青ざめました。

そこで、ようやく無線機のことを思いだしました。ジマは背中の手を生やし、無線機のボタンをおしました。けれども気もちが先ばしり、うまく指があつかえません。むりやり心をおちつかせ、なんとかボタンをおすことができました。

のんびりしたトシッチの声がかえってきました。

「なんだ？　なにかあったのか？」

「トシッチかい？　ナミがいなくなったみたいなんだ。はやくきとくれ」

トシッチがとたんにあわてました。

「わかった。まだ帰るとちゅうだ。すぐにそっちにもどる」

ここの場所をおしえ、無線機をきりました。

大つぶの雨がジマの目玉にふりそそぎました。けれど、ジマはまばたきひとつしません。目を大きく見ひらき、ナミの姿をさがしつづけます。ですが、どこにも見あたりません。

もう、おぼれてしまったのか……いやっ、そんなはずはない。あの子があらしの海におちたぐらいで死ぬはずがない！　気をぬけばわきおこる不安をかきけしながら、ジマは必死に目をこらしました。

しばらくすると、トシッチの船が猛スピードでやってきました。

さいわいにもあらしはどこかにきえさり、雲のきれ間から太陽が見えていました。

ジマは、とりあえずトシッチを背中の上にのせました。

トシッチがあせった声でたずねました。

「ジマ、一体どうしたってんだ？」

「わたしがうっかり寝てしまったあいだに、あらしにでくわしたんだ。ナミが海におちたのかもしれない。すぐにさがしとくれ」

「そりゃあたいへんだ！」

双眼鏡を手にとり、トシッチは走ろうとしました。ですが、すぐにその動きをとめました。なぜか、口元に笑みがうかんでいます。

トシッチはもう一度ききました。

「なあ、ジマ、本当に背中の上をよくさがしたのか？」

「何度もたしかめたさ。ナミの重みは感じられなかった」

「本当か？」

のんびりしたトシッチの態度に、ジマはいらだちました。

「どこにもいないんだよ。そんなことよりはやく海をさがしとくれよ！」

トシッチがさらりといいました。

「でも、ナミはここにいるぜ」

「ほっ、本当かい！」

にたにたと笑いながら、トシッチは目を下に向けました。

そこには、ナミがいました。

プールの中で、ぐっすり眠りこけています。雨がはげしくふきつけたせいか、髪も顔もぐしゃぐしゃでした。ただ、あらしぐらいではナミは起こせません。

プールのせんをぬいたのか、潮はなくなっていました。あのおいしそうなスイカもありません。そのかわりに、いたるところにスイカの皮がちらばっていました。ナミが食べちらかしたあとでした。

ナミの重さをスイカの重さだ、とジマはかんちがいしていたのです。いつものジマならば、こんなまちがいはしません。あらしの中でナミの存在を感じなかったので、さすがのジマもとりみだしてしまったのです。

トシッチがからかうようにいいました。

「あんたでもあわてることがあるんだな」

あまりのくやしさに、ジマはトシッチの船をたたきこわしてやりたくなりましたが、それを寸前でこらえました。

そこにモメタがやってきました。スイカの皮を見てすべてを悟ったのか、舌うちをしました。

「あっ……こいつ、あれほど食べるなっていったのに全部食べやがった」

ジマとトシッチが、同時に笑い声をあげました。とくにジマはおかしくてしかたなく、いつまでも笑いがとまりません。

そんなジマがぶきみだったのか、「なんだよ……どうしたんだよ……」とモメタはしきりにたずねてきました。

最大の敵

それからかなりの月日がたちました。

海と空はどこまでも青く、ジマもあいかわらず大きいままでした。ほんの数年ぐらいでは、海はなにもかわりません。

とはいえ、一切変化がないわけではありません。

だれかが、ジマのわき腹をよじのぼっていました。

それは、五歳になったナミでした。

色あせた青い半ズボンに、ボロボロの白いTシャツ。顔は日に焼けてまっ黒で、髪の毛はちりちりにさかだっていました。

ナミは、やもりのようにするするとのぼっていきます。まるで、手足がきゅうばんになっているみたいでした。ジマはビルぐらいの高さがあるのですが、ナミはまったくこわがっていません。ナミからすれば、ジャングルジムをのぼるようなものです。

背中の上にたどりつくと、とびはねるようにかけていきます。手にはするどくとがったモリをもち、その先にはさかながささっていました。そして、ジマの鼻の穴のふちでたちどまると、モリからさかなをとりはずしました。

「ジマ！　こんなにでかいのがとれたよ！」

穴の奥から、ずしんとひびくような声がかえってきました。

「たいしたもんだ。ナミ」

ジマがほめてくれたので、ナミは満面の笑みをうかべました。それからさかなを口に入れようとしましたが、その手をとちゅうでとめました。

このまま食べたかったのですが、今日はトシッチがくる日でした。「ナミ、おまえなあ、さかなを生でまるかじりするなよ。ちゃんと刺身にするか焼いて食べろ」と、トシッチに毎回注意されます。

めんどうだけれど焼いて食べるか、とナミはその準備をはじめました。

コンロの上に網をのせて、さかなを焼きはじめました。ナミは、それをじっとながめています。

やがて、ナミはもぞもぞしはじめました。おちつきなく、足の裏でジマの背中をたたいています。とうとう我慢できずに、生焼けのさかなを食べはじめました。いつも最後まで焼けたことがありません。

大きなげっぷをひとつすると、ナミはそのままあお向けになりました。そして、ぐーぐーといびきをかきはじめました。

しょうがない子だよ……ジマは苦笑いをすると、背中の手でパラソルをひらき、日ざしからナミをまもってやりました。

一時間ほどたつと、とつぜん声がふりおちました。

「おい、ナミ、起きろよ」

ナミが目をさますと、トシッチの大きな顔が見えました。その肩にはモメタがのっています。

いきおいよく起きあがると、ナミはうれしそうにいいました。

「ねえ、ねえ、ジャグリングやろうよ」

トシッチがぎょっとしました。

「どんだけ寝起きいいんだよ。おまえは。起きたてで元気すぎだ」

ジャグリングとは、ボールや棍棒《こんぼう》をいくつもなげてはキャッチする芸のことです。

ほんの少し前に、トシッチがジャグリングを披露しました。トシッチの数少ない特技がジャグリングなのです。ナミはそれを気に入り、毎日ジャグリングの練習をしていました。

「ほらっ。見ててよ」

ナミは、さっそく三つのボールでジャグリングして見せました。とてもなめらかな動きでした。

「すげえじゃねえか、ナミ」

モメタが感心してはねをたたきました。ナミは手をとめずにたずねました。

「トシッチ、どうだ?」

「おっ……おおっ……だっ、だいぶうまくなったじゃねえか」

ナミの上達ぶりにびっくりして、ことばがきれぎれになりました。こりゃあ、おれっちも練習しないとすぐに追いぬかれるな……と、トシッチは生つばをのみこみました。

そんな三人のやりとりを、ジマはしずかにきいていました。口元にはかすかな笑みがうかんでいます。

日がくれて、夜になりました。

星が空をうめつくし、波の音だけがあたりにひびいています。おだやかで、美しい夜の海です。こんなにすばらしい夜は、年に何回もありません。

ジマの背中に腰をおろすと、トシッチはビールをちびちびのんでいました。ふと、足元の紙ひこうきが目にとまりました。さっきまで、ナミにつくりかたをおしえてやっていたのです。

トシッチはそれをひろいあげ、空に向かってとばしました。まっ白な紙ひこうきは星空にすいこまれ、やがて見えなくなりました。

いいできだ。トシッチは満足げにビールを口にしました。満天のうつくしい星たちと、波がかなでるすばらしい音楽。くじらの上でのむビールほどうまいものはありません。その心地よさにひたっていると、とつぜん騒音がなりひびきました。

トシッチは、むっとして顔を横に向けました。そこには、遊びつかれたナミが眠りこけていました。気もちよさそうにいびきをかいています。

「なんで、子どものくせにこんなにいびきがでかいんだよ」

あきれたトシッチが鼻をつまむと、ナミはくるしそうに手足をばたつかせました。すぐに指をはなしてやると、またいびきをかきはじめました。なんだかおかしくなって、トシッチはそれをくりかえしました。

「どうだい。でかいいびきだろ。わたしもうるさくてしかたがないんだよ」

ジマがおもしろそうにいいました。

「本当だな。こいつ、こんないびきもかけるようになったんだな」

トシッチがナミの頭をなでると、手がちくちくしました。さっき髪をきってやったので、そののこりがついていたのです。ナミの散髪は、生まれてからずっとトシッチがやってあげています。

トシッチはナミの寝顔を見つめながら、しみじみともらしました。

「もう、五歳になったのか……子どもが大きくなるのはあっという間だっていうけど本当だな……」

「おまえには世話になったな」

　ジマがひくい声でいいました。

「いいよ。その分たっぷりもうけさせてもらったしな」

　トシッチは指でわっかをつくりました。

「それにしてもジマもよくやったぜ。ナミを育てるのは人間でもたいへんだもんな。これだけ元気な子どもなんてどこにもいないよ。どうだい、くじらの子ども育てるよりきつかったろ」

「ああ、そうだな……」

　なぜか、いやにしずんだ声でした。けれどトシッチはお酒に酔っていたせいか、そのことに気づきませんでした。

「ジマの子どもかあ……さぞかし大きいんだろうなあ」

「……いや、そうでもなかった」

「えっ！　そうなのか」と、トシッチは思わずまばたきしました。「まあ親が大きいからといって、子どもも大きいとはかぎらないもんな」

ジマはだまりこみました。

昔の記憶が、頭の中になだれこんできます。ジマは、とっさにそのとおり道にふたをしました。それは、ふりかえりたくない過去だったからです。

海からの風がつよくなりました。それがあとおしするように、ジマがおもおもしくきりだしました。

「……そろそろ北に向かう」

トシッチが顔をこわばらせました。

「北って……前にいっていた『マジックオーシャン』ってやつか」

「ああ」

ジマがかんたんにかえすと、トシッチが首をひねりました。

「でもマジックオーシャンって魔法の海ってことだろ。なんでそんな名前なんだ？」

「魔法としかいいようがないからだよ。あんたも一目見ればわかる」

「ふーん」

そのこたえになっとくがいかないのか、トシッチは眉をしかめました。そして、声色をあらためてたずねました。

「ナミも連れていくのか……？」

かすかな間が生まれました。ジマは小さくうなずきました。

「ああ、連れていく。この子は海の子だからね」

「そうか……」

しばらく、どちらも口をひらきませんでした。その姿は、この夜のしずけさを心ゆくまであじわっているようにも、これからの未来を案じているようにも、どちらにも見えてなりませんでした。

やがて、トシッチが祈るようにいいました。

「……ぶじで帰ってきてくれよな」

「心配するな。ぶじに帰ってくるよ」

ジマは短くそうこたえました。


その翌週でした。たくさんのくじらたちが、ジマをとりかこんでいました。まるで海にインクを注いだように、海の青色が、くじらの黒一色にそまっていました。

「九十八、九十九、えっとたしか九十九のつぎは……あっ、百だ。百！　ジマ！　みんなきてるよ」

くじらをかぞえおえたナミがさけびました。すると、群れの中にいたマカロンが声をかけました。

「ナミ、すごいじゃない。百までかぞえられるようになったの？」

「マカロン！　ひさしぶりだなあ」

ナミはジマからとびおりると、ほかのくじらの背中をふみ台にして、マカロンの元にかけよりました。マカロンのとなりには子どものくじらがいました。マカロンそっくりのくじらです。くじらの顔は人間の目には見わけがつきませんが、ナミはそうではありません。

ナミは、はしゃぐようにしてききました。

「小さいなあ。この子、名前はなんていうんだい？」

ちょっと間をあけてから、マカロンがこたえました。

「ミントだよ」

いつものナミなら「自分の子どもの名前ぐらいすぐにこたえてよ」と、おかしがるところですが、今日はちがいました。マカロンの姿を間近で見て、ナミはぎょっとしました。

マカロンは、おどろくほどやせほそっていました。

肌もがさがさして、ひげにはりもありません。背中にまるみがなく、体全体が、なにか重いものにおさえこまれているみたいです。

モメタがナミの頭上におりたちました。そして心配そうにたずねました。

「おい、おい、マカロン。そんなにやせちまってよお……だいじょうぶか？」

「だいじょうぶよ。平気、平気」

マカロンは元気よくひれをもちあげましたが、どう見てもむりをしていました。

人間の子育てはくじらの子育てよりもたいへんだ。ジマはそういいましたが、本当はそうではありません。くじらの赤ちゃんの世話も、とてもたいへんなことなのです。

赤ちゃんといえど、くじらはくじらです。体が大きいため、くじらの赤ちゃんはたくさんのおっぱいを必要とします。毎日大量のおっぱいをのませるので、お母さんくじらの体からはどんどん栄養がなくなっていきます。

だからたくさんの食べものを口にして、栄養をたくわえる必要があります。ですが、子育て中はそれができません。ほかにやらなければならないことがあるのです。

それは、赤ちゃんくじらに息をさせてやることです。

生まれたてのくじらはうまくおよげません。だから海面にあがって呼吸をすることができないのです。

そこでくじらのお母さんたちは、自分の背中に赤ちゃんをのせてやります。そして海面の上へともちあげて、息をするための手伝いをしてやるのです。それを数分に一回ほどの割合でやらなければなりません。

そのあいだ、お母さんはなにも口にできません。そんな過酷なくらしが五ヶ月ほどつづきます。くじらのお母さんたちはやせおとろえ、体重が三分の二ほどになります。だからマカロンも、これほどつかれはてているのです。よく見ると、ほかのくじらのお母さんたちもみんなやつれていました。

ジマからは、「これからとおくの海にいく」ということだけきかされています。その理由は、ナミがどれだけたずねてもおしえてくれません。

ですがこんなにたくさんの子どもくじらと、よわよわしいお母さんたちを連れて、そんなにとおくの海までいけるのだろうか？　ナミは心ぼそくなりました。

「さあ、いくよ」

その不安をふきけすような大声で、ジマはみんなに呼びかけました。ナミはあわててジマの背中にのぼりました。そして、ジマは北へとおよぎだしました。

これから、長い長い旅がはじまるのです。

くじらの群れがおよいでいきます。まるで、ひとつの村がひっこししているようなものです。くじらのとおり道にいるさかなたちは、みんなそれぞれに連絡をとりあい、逃げる準備をはじめました。

その群れのまん中には、ジマがいます。ジマのまん中にはナミがいます。ナミはモリをにぎりしめ、海をにらんでいました。うすぐらい雲が空をおおっています。海も空のまねをするかのように、その暗い色にそまっていました。

ナミがぶるっと体をふるわせました。

「ナミ、そろそろなにか服を着なさい」

ジマがそう命じると、ナミは「いやだ！」とさけびました。

「これはさむいからじゃないんだ。ちょっとおしっこがしたくなっただけだから」

白いTシャツと青いズボン以外の服を、ナミは着たがりません。なぜか、服を二枚以上重ねたら負けだと思っているのです。

ジマはため息をひとつはくと、それ以上なにもいいませんでした。我慢できなくなれば、「でも、せっかくトシッチがもってきてくれたんだから、トシッチにわるいかあ……べつにさむいわけじゃないんだけど着てみるよ」と、いいわけしながら服を着ることを知っているからです。

ナミはふあっとあくびをしました。

「ねえ、ジマ。まだつかないの？」

「まだまだもっと先だよ」

「そうかあ。じゃあつく前におしえてよ」

とモリをなげすて、子どもくじらたちと遊びはじめました。

ジマたちの目的地は北の海でした。北の海には、南の海にはないものがあります。

それは、オキアミです。

オキアミとは、小さなエビのような生きものです。オキアミにはとても栄養があり、くじらの大好物です。そのオキアミが、北の海には大量にいるのです。

ほんのひとすくいしただけで、手の中で何十匹というオキアミが、ぴちぴちととびはねるほどです。海という名のお皿いっぱいに、オキアミのスープがなみなみとそそがれている。そんな感じでした。

このスープをもとめて、くじらたちは旅にでたのです。南の海では、大きなくじらを満足させるだけの食べものがありません。だから北の海で、栄養をたくわえなければならないのです。

ではどうしてくじらたちは、エサが少ない南の海にいるのでしょうか？　それは子どものためです。

生まれたばかりの赤ちゃんの肌はうすく、冷たい北の海にいると、すぐに死んでしまいます。そこでくじらのお母さんたちは、あたたかい南の海へとわたり、そこで子どもを育てるのです。

ジマも、ナミのために南の海にとどまっていました。人間の子どもも、北の海では育てられません。

ジマは一度北の海で腹いっぱいにオキアミを食べれば、ゆうに五年は生きることができるのです。お腹の中のある部分にオキアミをためておき、それを少しずつ消化しているのです。

ですがそろそろ、その五年がたとうとしています。ふたたび北の海へと出向き、オキアミのスープを口にする必要があります。

お母さんくじらにとっても、このスープはかかせないものでした。やせおとろえた体を元にもどすには、あのスープをのむ以外に方法はありません。もしスープをのまなければ、そのまま飢えて死んでしまいます。

そこでジマがリーダーとなり、みんなで北の海を目ざすことになりました。今回はジマが同行してくれるので、お母さんくじらたちは心づよく思いました。ジマほどたのもしいくじらはほかにいません。

それから一ヶ月がたちました。

「ほらっ、みんなあつまって。今からジャグリングを見せてあげるから」

ボールをもったナミが、くじらたちを呼びあつめました。

ミントがマカロンにたずねました。

「ねえ、お母さん。ジャグリングってなに？」

「ジャグリングねえ……」

マカロンはいつものように考えこもうとしましたが、モメタがわって入り、かわりにこたえました。

「見たらわかるさ。ミント」

「そうか、わかった」

ミントはにこりと笑うと、ナミの方を見ました。

ナミは、ジマの胸びれの上にたっていました。ジマが、海面まで胸びれをもちあげているのです。まるで、とつぜん海にあらわれた舞台のようでした。

はじめにナミは、二つのボールをなげてはキャッチしてみせました。かんたんな技なのですが、くじらの子どもたちは目をまるくしました。手がないくじらにとって、それはとてつもなくすごい技だったのです。

「ほらよ、ナミ」

モメタが、ボールをひとつくわえました。

ナミはそれをうけとると、三つのボールでジャグリングしました。その調子で、三つが四つになり、四つが五つになりました。とうめいな空中のトンネルの中を、ボールがつぎつぎくぐりぬけていきます。

くじらたちはずっとボールを見つづけていたので、みんな目がまわってきました。

「はいっ」

さいごに、ナミはボールを高くほうりなげました。それを見事にキャッチし、かろやかにおじぎをしました。

くじらたちは、海面をひれでパシパシとたたきました。これが、くじらの拍手でした。マカロンとミントもいきおいよくたたいたので、モメタにそのしぶきがかかりました。「しょっぺえ！　おい、たたきすぎだ」と、モメタがどなりました。そして、あわてて毛をととのえました。

ナミは、ジマの左目を見あげました。

「どうだい、ジマ！　うまくできただろ」

ジマはこちらを見ていません。けわしい顔つきで、まっすぐ前を見つめていました。

「ジマ？」

そこでナミの呼びかけに気づき、ジマは目をおとしました。

「ああ、うまいもんだ。またうまくなった」

いいわけするようにほめると、ジマはふたたび前を向きました。

この旅にでてからというもの、ジマの様子がどうも妙でした。

ナミがなにをたずねても上の空なのです。たとえきこえたとしても、今のように気のぬけた返事をするだけでした。

ジマだけではなく、ほかのくじらもそうです。いつもは陽気なくじらたちが、やけにおとなしいのです。とびきり明るい性格のマカロンでさえ、ほとんど口をききません。

子育てと旅でつかれているのかな？

ナミは、はじめそう考えていました。でもすぐに思いなおしました。というのもみんなの目の奥に、かすかなおびえの色が見えたからです。なにをこわがっているんだろう？ナミは疑問でしたが、それをたずねることはしませんでした。口にするのが、なぜかためらわれたのです。

とにかくこの暗い雰囲気をなんとかしなきゃ。そこでナミは、ジャグリングを見せてみんなを楽しませることにしたのです。

どうせやるならすごいものを見せてやろう、と特訓もしました。モメタに手伝ってもらい、今ではボール五つ、棍棒四本までなら同時になげられます。トシッチに見せたらさぞくやしがるだろうな、とナミはうれしくなりました。

ジャグリングを見たので、みんな楽しそうです。そんな笑顔を見るのはひさしぶりのことです。ナミとモメタは、やったやったと喜び合いました。

そのときです。ジマがとつぜん口をひらきました。

「モメタ、ちょっとここからまっすぐいって、なにかいないか見てきておくれ」

そのするどい声色に、くじらたちはしんとしました。

「わっ、わかった」

モメタはあわててとびたちました。ナミもジマの背中へとかけあがりました。モメタがとびさった方角に目をこらしましたが、なにも見えません。ただ、なにか影のようなものがゆらめいている。そんな気がしました。

つよい風がふきつけました。そこにはしめり気とともに、ねばりつくようないやなものがふくまれていました。ナミは、それを肌で感じとりました。

モメタがすぐにもどってきました。そして、あえぐようにしてさけびました。

「シャチだ。シャチがきたぞ！」

くじらたちがどよめきました。目の奥のおびえが急速にひろがり、くじら全体をおおいました。逃げだそうと向きをかえるくじらもいます。そのあせりがつたわったのか、子どもくじらがわっと泣きだしました。

そのとき、ジマがほえました。

「あわてるんじゃない！」

岩もくだけるほどの大声でした。そのおかげで、くじらたちはおちつきをとりもどしました。

「きちんと陣形をとってすすめば、なにもこわがることはないんだ。いいかい、いそぐんじゃないよ。このままゆっくりと海峡をぬけるんだ」

一同が、こくりとうなずきました。ジマを先頭に、体の大きなくじらたちでかこいをつくりました。お母さんくじらたちは、ひれの中に子どもたちをかくしました。

影が、だんだんと濃くなってきました。

何千匹というへびがひとつとなり、のたうちまわりながら向かってくるようです。ナミがたちすくんでいると、モメタがその肩にとまりました。

「モメタ、あれはなんなの？」

「シャチだ！　この海でもっとも凶暴なやつらだ」

「……凶暴っていってもくじらより小さいじゃないか。平気だろ」

「そうじゃない。あいつらはくじらをおそって食べるんだ」

くじらを食べる……そんな生きものがいるの……くじらといっしょにくらしてきたナミにとって、それは衝撃の事実でした。

シャチたちの姿が、はっきり見える距離になりました。黒い背びれが、きれ味するどいナイフのように見えます。ナミは、さらに体をふるわせました。

くじらたちがおびえていた理由……それは、このシャチがいるからでした。

シャチたちは、くじらにおそいかかってきます。そして、つかまえたくじらを食い殺してしまうのです。

ただとらえようにも、この広大な海ではくじらの居場所がわかりません。そのため、シャチがくじらの肉にありつくことはごくまれでした。

ですが、この海には必ずくじらを発見できるところがあるのです。それが、この海峡でした。海峡とは、陸と陸のあいだにはさまれて幅がせまくなったところです。くじらたちがここをとおることを、シャチたちは知っていました。だから、ここで待ちぶせているのです。

北の海への入口はここしかありません。オキアミを口に入れなければ、くじらは死んでしまいます。シャチがいることを知りながらも、この海峡をとおる必要があるのです。シャチにおそわれ、命をおとすかもしれません。けれども生きるためには、その危険をおかさなければならないのです。

ジマが、鼻の穴から声をだしました。

「モメタ。ナミのことはたのんだよ」

「まかしとけ」

モメタが胸をたたきました。ジマは背中の肉をもりあげて、かこいのようなものをつくりました。

「これからはげしくゆれる。いいかい、ナミ。この中に入ってじっとしておくんだ」

「うっ、うん。わかった」

めずらしく、ナミは素直におうじました。これからおこることを考えると、こわくてしかたがなかったのです。

シャチの群れが目の前まできました。全部で二百頭ほどでした。どの目もうす気味わるく、それが生きものの目だとは、ナミにはとてもしんじられません。

ですが、その恐ろしいシャチたちがジマの姿を見て、ざわざわとさわぎはじめました。

島ほど大きいくじら島の『ジマ』の名は、とうぜんシャチも知っています。この海で、ジマを知らない生きものはいません。さすがのシャチも、ジマにはかないません。これならきりぬけられるかもしれない。くじらのお母さんたちの心に、わずかな余裕が生まれました。

ジマが、おさえた声でいいました。

「くじら島だ。ここをとおらせてもらうよ」

ジマが前にすすみでると、シャチたちはうしろに下がりました。一定の距離をたもちながら、様子をさぐっているのです。ナミははらはらしながら、その光景を見まもっていました。

一頭のシャチが、くじらたちの背後にまわりこみました。ジマの視界にはとどかないところです。ジマはぐっと力を入れ、体の向きをかえました。その動きによって生じた大波が、シャチにおそいかかりました。シャチは波にのみこまれ、とおくまでながされました。さらにそのうしろにいたシャチたちも、波のせいで陣形をみだしました。

ジマほど巨大なくじらが動けば、大きな波が生まれます。その波をうまくつかって、シャチの動きをとめたのでした。

そのしずかな戦いは、しばらくのあいだつづきました。うしろをとられないように気をくばりながら、ジマは前へ前へとすすんでいきました。

お母さんくじらは、ひれで自分の子どもをまもりながら、そのうしろにつづいていきます。マカロンも、ミントを抱きかかえるようにして前進していました。

シャチたちにおかしな動きがあれば、ジマはすぐにかぎとりました。シャチがなにをするのか先読みし、波をおこしたりにらんだりして、未然に攻撃をふせぎました。

そのおかげで、どうにか海峡の入口までたどりつくことができました。

シャチたちのあいだにあせりが生まれてきました。海峡をぬけられたら、そのまま逃げられてしまいます。

けれど、ジマも同じくあせっていました。ここまではうまくきりぬけられましたが、せまい海峡をとおるその一瞬こそが、もっとも危険なときなのです。

この場所だと波をおこして、シャチをふうじることができません。せまい海峡でそれをやると、波がはねかえり、予想もしない波が生じるからです。もし子どもくじらにでもあたれば、そのままながされるかもしれません。

さらにくじらたちが海峡をぬけるまで、ジマがうしろにまわり、シャチたちの攻撃をふせがなければなりません。そのためには陣形をくずさなければならず、そこが、シャチたちの絶好のねらい目となるのです。

いよいよ海峡ちかくまでせまりました。シャチたちは入口をふさぐことなく、崖を背にしながらまちかまえました。あきらかに罠でした。ジマはたちどまりました。くじらたちもそれにならいました。

ジマとシャチが、にらみあう形になりました。

くじらのだれも、身動きひとつしません。空気がこまかくふるえ、風が冷たさを増しました。ナミとモメタも、まばたきひとつしませんでした。先に動いたら負けだ。

ジマはそう考えていました。

そのときでした。一頭のシャチが突進してきました。まだ、年の若いシャチでした。若さのせいか、この緊迫した空気にたえきれなかったのです。ジマのわきをすりぬけ、ミントをねらってきました。

ナミは思わずさけびました。

「ミント!」

マカロンははっとしました。いつの間にか、ミントが自分のひれからはなれていたのです。恐怖に体をしばられ、ミントは動くことができません。シャチがミントにとびかかるために力をためました。その一瞬を、ジマは逃しませんでした。

「ナミ！　つかまっときな」

いきなり呼ばれたので、ナミはふいをつかれました。モメタがかん高い声でわめきました。

「なにやってんだ、ナミ！　はやく棒をにぎりしめるんだ」

「うっ、うん」と、ナミはそばにあった、大きな丸太棒のようなものをつかみました。それは、ジマが背中の肉でつくったものでした。

ぐらっとジマの体がかたむきました。「わっ、わっ……」とナミはころげおちそうになり、力いっぱい丸太棒をだきしめました。

ジマがもうれつないきおいで、胸びれをもちあげたのです。火山が噴火したような、はげしい水しぶきがおこりました。

そのしぶきにまじって、シャチが宙にうかんでいました。それは、ミントにおそいかかったあの若いシャチでした。ジマは、ひれでシャチをほうりあげたのです。

あの大きなシャチが空をとんでいる……だれの目にも、それが現実のことだとは思えませんでした。

そしてつぎの瞬間でした。

ジマはもちあげたひれをふりおろし、シャチを海へとたたきつけました。ビシャンというすさまじい音がひびきわたりました。シャチは一度海面をはねかえると、音もなくしずんでいきました。

ほかのシャチたちは、ぴくりともしません。

先ほどのシャチは体が大きく、重さも七トンほどありました。若いがかなり強いといわれているシャチでした。それをいともかんたんにほうりなげ、しかも海へとたたきつけたのです。ありえないほどの力でした。くじら島の存在は知ってはいましたが、まさかここまでの化けものだとは……シャチたちは恐れおののきました。

そのゆれる心を見ぬいたように、ジマは動きはじめました。くじらたちもそれにつづきます。海峡をとおりぬけても、シャチたちは追いかけてきません。ジマはある程度のところまでいくと、うしろをたしかめました。シャチの影はきえていました。

ジマが肩の力をぬくと、ナミがとびはねました。

「やった！　シャチを追いはらったぞ！」

わっとくじらたちが歓声をあげました。ジマのひれにとびおりると、ナミはミントに抱きつきました。

「ミント、だいじょうぶだったか。こわかったろ」

シャチのするどい牙を思いかえし、ミントは小さくふるえました。

「うん、こわかった……」

「でももう心配いらないよ。シャチはいなくなったんだから。ねえ、ジマ？」

そのといかけに、くじらたちはしんとしました。

感情のスイッチが、喜びからおびえにきりかえられたような、あまりにとうとつな変化でした。ジマもなにもいいません。わたし、なにかおかしなことといったかな？

ナミはとまどいました。

ジマのかわりに、マカロンがこたえました。

「ナミ……まだおわりじゃないんだ……」

「えっ？　どういうこと？」

「北の海へいくためには、まだ海峡をぬけなければならないんだ」

「まっ、まだあるの！」

ナミは、おどろきすぎて声がうらがえりました。

「ええ」

と、マカロンはうなずきました。

もう声になりません。先ほど海峡をとおったときでも、あれほど危険な目にあったのです。それが、まだまちうけているなんて……シャチへの恐怖が、ふたたびナミの体にまとわりつきました。

ジマが、ようやく口をひらきました。

「そんなにこわがらなくてもだいじょうぶだ、ナミ。わたしがいるんだ」

「そうだよね。ジマがさっきみたいにやっつけてくれるもんね」

ナミはすぐに元気になりました。そしてミントの方を向き、えらそうにいいました。

「おい、ミント、安心しろよ」

はりつめていた空気がなごみ、くじらたちもほっとしました。

ただ、ジマだけは気をゆるめませんでした。わずかでも力をぬけば、つかれでそのままたおれそうです。ジマがこの群れの中心であり、柱なのです。そんな姿を見せるわけにはいきません。

わたしも年だ……ジマはあらためてそう思いました。ナミやくじらたちにはかくしていましたが、シャチとの戦いで、ジマは心身ともにつかれはてていました。

こんな体で、もうひとつ海峡をぬけられるのだろうか？　それに、今回はあいつがあらわれなかった。つぎは必ずやってくるはずだ。そのときは、はたしてぶじにきりぬけられるだろうか？

ジマの心は、わきあがる不安でいっぱいでした。

ふたたび、旅がはじまりました。

ナミは、双眼鏡をのぞいていました。トシッチからもらった最新式の双眼鏡です。ここさいきんひまさえあれば、ナミはそれをのぞいていました。シャチがいつおそってくるかわからないからです。そのたびに、ジマはいいきかせました。

「ナミ、そんなことしなくてもいい。シャチは海峡のちかくにしかいないよ。わたしたちが必ず海峡をとおることを知っているからね。あいつらはむだなことはしない」

ただ、何度そう説明しても、

「そっ、そっか……でも、いちおうねんのために、見ておくよ」

と、ナミはやめようとしません。それほどシャチが恐ろしかったのです。

シャチにおそわれてからというもの、子どもくじらはさらに泣くようになりました。どれほどあやしても、一向にしずまりません。お母さんたちの不安が、子どもたちにまで影響しているのです。

さらに、ナミはジャグリングをやめました。「なあ、練習しようぜ」とモメタがさそっても、ナミは相手にしません。気ばらしがなくなったせいか、くじらたちの雰囲気はよりいっそう暗くなりました。

海の向こうに太陽がきえて、空が夜の色へとかわりはじめました。海の一日の中で、もっとも美しい時間です。

ジマたちはおよぐのをやめ、体を休めていました。子どもたちのぐずる声が、あちらこちらからきこえてきます。

ナミはさかなの尾を指でつまみ、口に入れるわけでもなく、ただぼんやりとながめていました。

「……ねえ、ジマ」

ジマはとじていた目をあけました。「なんだい?」

「シャチたちはどうしてくじらを食べようとするのかな?」

「食べなければ死んでしまうからね。それにくじらは体が大きいから食べ応えがある。エサとしてはもってこいなのさ」

「じゃあ、どうして子どもをおそおうとするの?」

「子どもは小さくてよわいからね。シャチたちもねらいやすいんだ」

「どうしてそんなひどいことをするんだろう……」

ジマはふうと息をはくと、少し体をしずませました。

「生きるっていうのはそういうものさ。ナミ、おまえもさかなを食べて生きてるだろ。それはひどいことじゃないのかい？」

ナミはびくりとしました。そして、手にもったさかなを見つめました。死んでいるさかななのに、それがなにかうったえているような気がしました。

ジマがつづけました。

「くじらもさかなやオキアミを食べなければ生きていけない。オキアミにだって心がある。でも食べなければこっちが死んでしまう。シャチたちも同じだ。あいつらもくじらを食べなければ生きられない。だからつよいものは、よわいものをエサにする。よわいものはそれから必死で逃げる。海の生きものは、だれもがそうやって生きているんだ」

ナミは、なにもいえませんでした。でも、今とても大切なことをおしえられているのだ、ということだけはわかりました。

二人の話がとだえました。子どもたちがすすり泣く声がやんで、波の音がきこえはじめました。ジマはぼそりとたずねました。

「……この旅にこなければよかったかい、ナミ？」

ナミは首をふりました。

「ううん、わたしだって海の生きものだ。これは知っておかなくちゃならないことなんだ。だって、わたしは『くじら島のナミ』なんだから」

「そうか」

右の頬の上にある三本目のひげがぴくりと動きました。これは、ジマがうれしかったときのしるしなのです。

そのときでした。なんの前ぶれもなく、ジマの背中が大きくゆれだしました。わっとナミは手をつき、さかなをおとしました。鼻の穴からぜえぜえというみだれた息がもれきこえてきます。

「ジマ、どうかしたの？　だいじょうぶ？」

ジマはあえぐようにしてこたえました。

「だっ、だいじょうぶさ。ちょっと息がつまっただけだよ」

しばらくすると背中のゆれがおさまり、ジマもおちつきをとりもどしました。よかった。だいじょうぶそうだ。ナミは安心してさかなをひろいあげると、頭からバリバリとかみくだきました。

そして、夜がふけました。

ナミの大きないびきがきこえてきます。そこではじめて、ジマはひたいに汗をながしました。先ほど自分の体におこった異変がなんなのか、ジマにはわかっていました。この海で、ジマが知らないことはありません。それには、自分のこともふくまれていました。

とうとうこの日がきたのか……ジマは覚悟をきめました。

小屋の中で、背中の手を一本生やしました。ベッドの上ではナミがぐっすりと眠っています。ジマは、そのベッドの横にあるタンスのひきだしをあけました。一度寝てしまえば、ナミが起きることはありません。ですがねんにはねんを入れて、音をたてずにひきだしの中をまさぐります。

目あてのものをさがしあてました。ジマはそれを小屋の外へとはこびだし、ひげをつかって目の前にもってきました。

月明かりの下で、ジマはそれをじっくりながめました。小さなダイヤが、一粒うめられた指輪です。月光がはねかえり、小さくまたたきました。

それは、ナミの母親であるエマの指輪でした。ジマは裏側にきざまれた文字をたしかめました。

「ルークにエマか……そういえばそんな名前だったね……」

そのひびきに、ジマはなつかしさをおぼえました。そして背中の手で、無線機のボタンをおしはじめました。

つぎの日からナミに元気がもどりました。くじらたちに明るく話しかけ、マカロンやミントとじゃれあうようになりました。双眼鏡をのぞくこともなくなりました。毎日シャチにおびえていることが、なんだかバカらしくなったのです。

今はジマの上でモメタと遊んでいます。モメタからある程度距離をとると、ナミは手をあげました。

「おーい、いくぞ」

「いいぞ。準備ばんたんだ」

モメタがはねをあげました。バケツからさかなをとると、ナミはねらいをさだめました。ダーツをなげるようなかまえをします。そして、モメタにめがけてえいやとなげつけました。空をおよぐみたいにさかなはまっすぐとんできます。モメタがくちばしをあけると、そこにさかなが入りこみました。そして、それをうまそうにのみくだしました。

ナミは自慢げに鼻をならしました。

「ふふん。どうだ。モメタ」

「すげえじゃねえか。この距離なのによお」

「そうだろ。つぎいくよ」

さらにさかなをなげつづけました。距離をのばしても、ナミは的をはずしません。

モメタは感心しました。

バケツのさかなはからになりました。その横には、きれ味するどいナイフが置かれています。くだものナイフでした。ナミはそれをさかなだとかんちがいし、いきおいよくなげつけました。

ヒュッと空気をきりさく音がきこえました。さかなならばこんな音はしません。のんびりかまえていたモメタの表情が、またたく間にこわばりました。ナイフは目と鼻の先までせまっていました。その寸前でモメタは体をねじりました。おそらく生まれてからこれまでのあいだで、もっともすばやい反応でした。そして、くちばしでナイフの刃をつかみとりました。

そのあわてぶりがおかしくて、ナミは腹をかかえて笑いました。

モメタは慎重に、ゆっくりとナイフを置きました。さかなを食べてしめっていたはずののどが、からからにかわいています。口いっぱいにつばをためてから、それを一息にのみこみ、どうにかのどがうるおいました。そして「あーあー」と声がでるのをたしかめてから、すさまじいどなり声をあげました。

「バカ野郎！　おまえはアホか！　なんでナイフなんかなげるんだよ」

目に涙をうかべながら、ナミがあやまりました。

「モメタ、ごめんよ。まちがえちゃったんだ。ほら、ナイフとさかなって形が似てるだろ。だからさ」

モメタが声をあらげます。

「そんなわけあるか！　どこのだれがナイフとさかなをまちがえるんだ。ふざけんな！」

「でも、モメタ、うまくキャッチできたじゃないか。そうだ。今度ジャグリングといっしょにこれも見せようよ。みんな、きっと喜ぶよ」

「できるか！　さっきのは奇跡だ。きせき！　つぎやったらくしざしになるにきまってるだろ。目の前でカモメがくしざしになるのを見せられてだれが喜ぶんだ！」

モメタはかみつかんばかりにいいました。ナミはまだひいひいと笑っています。一体なにをやってるんだ、とジマはあきれました。

それから数日がたちました。

ジマのいったとおり、それ以降シャチはあらわれません。くじらたちも安心したのか、笑みがこぼれるようになりました。ジマも、どこかのんびりしているように見えました。

ですが、今日はちがいました。

ジマの表情がこわばり、さぐるような目つきであたりを見まわしています。ほかのくじらたちもぴりぴりしていることに、ナミはかんづきました。みんながおよいだあとにおこる波が、どこかちぐはぐだったからです。緊張して体がかたくなると、こんなふぞろいな波になるのです。

さらに、ジマは背中の上にあるナミの荷物を腹におさめはじめました。小屋もしまっています。「どうしてそんなことするの?」ときいても、ジマはこたえてくれません。

もうすぐ海峡なんだ。ナミはそう思いました。そして、ひさしぶりに双眼鏡をのぞくことにしました。朝もやがたちこめる海面に、うっすら陸が見えてきました。やっぱりそうだ。手のひらにあせがにじみました。さらに目をこらします。

ちらっと黒い影が、レンズをとおりぬけました。ナミはあわててその影を追い、双眼鏡でとらえなおしました。そこで、あっと声をあげそうになりました。

そこに、一頭のシャチがいたのです。

ジマはまだ気づきません。かなりとおくにいるのに、そのシャチはじっとこちらをながめています。その視線にしばられたように、ナミは声をだせません。シャチはふんと鼻で笑うと、そこからたちさりました。

やっと、ナミの体に力がもどりました。

「ジッ、ジマ！　シャチだ。シャチがいたよ」

ジマがするどくききかえしました。「一頭かい？」

「うん、一頭だ。ずいぶんとおくからこっちを見ていた」

あいつだ。こちらの動きを知るために、まず偵察用のシャチをやって調べさせる。ふつうのシャチにはそんな知恵はありません。

ジマは気もちをおちつけました。なにがおころうともとりみださない。たとえ、だ、いい、い、い、いい、だれかが死のうとも……

戦う前にそう心をかためなければ、とてもたち向かえない相手でした。

「さあ、陣形をととのえるんだ。わたしの胸びれよりうしろにいくんだ。この前よりも体をくっつけて、隙間をつくらないようにしな」

全員がジマのいうとおりにしました。マカロンはひれでミントを抱きしめすぎて、ミントはゴホゴホとむせていました。

しばらくすると、海が黒くそまりました。シャチの群れがあらわれたのです。ジマは背中でかこいをつくり、ナミをそこに入れました。ただ、この前とちがったことがありました。それは、ナミが手にモリをもっていたことです。ジマもモメタも、それには気づきませんでした。

ナミは、シャチの群れをにらみつけました。先ほどのシャチもいました。くそっ、負けるもんか。ナミは目に力をこめました。さっきよりもこわくありません。よしっ、いけるぞ。そう安心して、群れのまん中を見たときです。足が小刻みにふるえはじめました。むりやり手でおさえこんでも、ふるえはとまりません。

そこに、おどろくほど大きなシャチがいたのです。

シャチなのに、くじらほどの大きさでした。いや、くじらの中にも、あんなに大きなものはめったにいません。ほかのシャチよりも色がどす黒く、肌もやすりをはりつけたようにがさがさしていました。なのにひれだけは、ていねいにとがれた刀のように、にぶい光をはなっていました。

それに、あの目……ナミには見覚えがありました。いつしか、ジマが見せてくれたさかなの目とそっくりだったのです。

そのさかなは、とてもおかしな形をしていました。奇妙ないぼがいくつもあり、口がさけてしまうほど大きく、針のような牙が何十本もありました。

ただそれよりもナミの心にのこったのは、そのひとみでした。

あらしがおこる前の灰色ににごった空を、ぎゅっとおしかためたような色をしていました。

目玉も大きく、どことなくうすよごれています。その目を見つめていると、まわりの空気がうすくなったみたいに、息がくるしくなりました。

「こいつは深海魚というんだ」

ジマがそうおしえてくれました。

「しんかいぎょ？」と、ナミはききかえしました。

ジマはうなずきました。

「そうだ。深海魚さ。こいつは光の届かないふかいふかい海の底でくらすさかなだよ。暗闇の中でしか生きられないさかなさ。そんなところにずっといるとね、その目は闇をたくわえつづけ、いつしか光を忘れてしまうんだ。だからこんな気味のわるい目をしているのさ」

そうだ。このシャチは深海魚と同じ目をしているんだ。光の届かない海にいるとあんな目になるんだ、とジマは説明してくれました。

でも、シャチはそんな海で生きてはいません。ちゃんと太陽の下にいます。それなのにどうしてあのシャチは、あんな暗い目をしているんだろう？

闇をたくわえ、光を忘れさった目……そのことばが、ナミの頭になりひびきました。ほかのくじらも、ナミと同じく身ぶるいしました。あのうす気味わるいひとみの中に、くじらすべてがとじこめられたような感じです。

「やはりギラがきたね……」

ジマはかたい声で、ぼそりとつぶやきました。

「ギラって、あのシャチの名前かい？」

ナミは、かこいから身をのりだしました。

「ああ、そうさ。あいつがシャチたちのボスさ」

モメタがはねをふるわせました。

「おい、おい、とんでもなくおっかなそうなやつじゃないか。だいじょうぶかよ。ジマはあいつに勝ったことがあるんだろうな？」

「さあ、いくよ！」

それにはこたえずに、ジマはゆっくり前にすすみました。それにともない、シャチたちも動きはじめました。

五頭のシャチたちは、以前とはちがう陣形をとっていました。

シャチがひとつのかたまりになり、その五頭のチームがあちこちにちらばっていました。ジマが方向をかえると、ギラはひれで水面をたたきました。そうすると、シャチたちの配置がかわります。ひれで合図を送っているのです。

ジマはいきなりおよぐ速度をあげて、シャチに津波のような波をぶつけました。キーッとギラがかん高い声で鳴きました。シャチたちは、するりと波をかわしました。それはとてもなめらかで、訓練された動きでした。

攻撃が読まれている。ジマは口の中でうめきました。ギラには、ジマの動きが手にとるようにわかっていました。

ジマは波をおこすのをやめました。どうせよけられるのなら、余計な体力をつかうわけにはいきません。この戦いは長くなる。そう腹をくくりました。

しばらくはなにもおこりませんでした。くじらたちをかこみながら、シャチたちはじっくり様子をうかがっています。前の戦いとはちがい、ジマへの恐れがもうどこにもありません。

この時間が、くじらたちには途方もなく長いものに感じられました。みんなのおよいだあとの波が、がくがくしだしました。つかれが、体にでてきたのです。

このままではやられる。ジマはあせりました。

へとへとになって動きがにぶるのを、ギラはまちかまえているのです。もう子どもくじらの息がきれてきました。ここでどうにかしなければなりません。

前方にたちこめていた霧が、ほんのわずかだけはれました。その隙間から、海峡の入口がかすかに見えました。みんなの緊張の糸がゆるみました。

そのときでした。ギラがするどく鳴きました。一頭のシャチが、ひるんだようにギラをふりかえりました。ギラがにらみつけると、そのシャチはふるえあがり、こちらに突進してきました。

ジマはあわてませんでした。シャチの力をうまく利用しながら、胸びれでもちあげました。ギラがここで攻めてくることを、あらかじめ読んでいたのです。

このままこいつをシャチの群れにぶつけてやる。そしてやつらがとりみだしている隙に海峡をぬけてやろう。ジマは慎重にねらいをさだめ、ひれをふりおろしました。

シャチは粉々にくだけそうなほどいきおいよく、海面へとたたきつけられました。ですが、そこにシャチの群れはいません。なんと、ジマがひれをもちあげた一瞬の間をねらい、いっせいに向かってきたのです。

ギラはシャチ一頭をおとりにつかい、ジマに隙をつくらせたのです。ギラの方が一枚上手でした。

しまった。ジマがあわてててひれをもどしたときには、もうくじらの群れはばらばらにされていました。くじらのお母さんと子どものあいだに、シャチたちは強引に鼻づらをねじこみ、ひきはなしていきます。一頭のお母さんくじらがさけびました。

「カゴメ！」

カゴメと呼ばれた子どもくじらを、シャチが体あたりしてお母さんくじらから引きはなしていきます。お母さんくじらは、大いそぎでカゴメのあとを追います。けれども、べつのシャチがそのゆく手をふさぎました。

そのあいだに、シャチはカゴメの上にのしかかりました。カゴメはくるしくなり、息をするため海上にあがろうとしますが、シャチがそれをはばみます。五頭のシャチたちが、順番に上から体をおしつけていきます。こうして、カゴメをおぼれ死にさせてしまうのです。これが、シャチが子どもくじらをしとめる方法でした。カゴメのほかにも、あちこちで子どもくじらがおそわれています。

ナミが泣きさけびました。

「ジマ！　このままじゃ、みんな死んじゃうよ。たすけてあげてよ！」

ジマはあたりを見まわしました。息がしたいとあえぐ子どもたちの頭を、シャチたちがむりやりおさえこんでいます。くじらの子どもの呼吸は、二分ほどしかつづきません。そろそろ、その二分がたとうとしています。

中には子どもの尾びれにかみつき、海へとひきずりこんでいるシャチもいました。

「お母さん、助けて」とさけぶことさえできません。もう、そんな力すらないのです。

お母さんくじらが子どもの名前を、のどもさけんばかりに絶叫しています。あわれなその声のひびきをきいて、ジマは昔の自分の姿を思いだしました。

ジマの心は、火であぶられたように痛みました。たすけてやりたい。あふれそうになるその想いを、どうにかおさえこみました。今ここでたすけにでても、おそらく救うことはできません。それよりも、のこったくじらたちが生きぬくことを考えなければなりません。

「みんな、とにかく前にすすんで海峡をぬけるんだ！」

ジマはひれをひろげ、うしろの仲間をまもりました。マカロンとミント親子もあとにつづきます。二頭とも、なんとか無事でした。

「ジマ！」

ナミの声に耳をかすことなく、ジマはどんどん前へとすすみはじめました。

ナミはうしろをふりかえりました。そこでくりひろげられる光景を目のあたりにし、へなへなとひざからくずれおちました。

いつも仲よくおしゃべりをしたり、遊んだりしていた子どもくじらたちが、つぎつぎとしずめられていきます。ぷかぷかういたその死体に、シャチたちがむらがっていました。海は、その血の色でそまっています。

子どもを亡くしたお母さんくじらが、よろよろともどってきました。生きているかどうかわからないほど、みんなつかれはてていました。あれだけがんばって子どもを育ててきたのに……お母さんたちの心を思うと、ナミは胸がくるしくなりました。

ジマは先をいそぎました。とにかく、まずは海峡をぬけなければなりません。ですが、ギラが海峡の入口をふさぐように先まわりしていました。おまえたちすべてを殺しつくしてやる。射抜くようなその目は、そう物語っていました。

ふたたびにらみあいがはじまりました。ただ前とはちがい、シャチたちのどこにも隙がありません。ギラがいるからです。このまま長引けば、うしろにいるシャチがもどってきます。

すると怒りくるったくじらの一頭が、ギラへと突進しました。それは、子どもを殺されたお母さんくじらでした。ギラはあわてることなく、そのくじらののど元に牙を食いこませました。くじらはびくびく体をふるわせると、そのまま動かなくなりました。すでに息絶えています。それは、一瞬のできごとでした。

くじらたちはすくみあがりました。大人のくじらにおそいかかるシャチはほとんどいません。なぜならくじらの方が大きいからです。なのにギラは、その大人のくじらをいともかんたんにしとめたのです。

そのことに衝撃をうけ、マカロンのひれの力がゆるんでいました。ミントが、マカロンの体からはなれています。

「マカロン！　ミントがはなれてる！」

ナミは上から見ていたので、すぐそれに気がつきました。マカロンがわれにかえるのと同時に、ギラがミントにおそいかかりました。先ほどくじらを殺したせいか、ギラは血に飢えはじめたのです。

「ミント！」

マカロンは距離をつめようとしましたが、もう間に合いません。ジマもひれで波をつくり、ギラをふせごうとしました。ですが、ギラはびくともしません。すでにミントの目前までせまっていました。

そのときでした。ナミがモリを片手にかこいからとびだしました。モメタはびっくりしてひきとめました。

「バカ、なにやってんだ、ナミ！　はやくもどってこい！」

ナミは足をとめることなく、一気にかけぬけました。そして力をふりしぼり、えいやとモリをなげつけました。

ギラは口を大きくあけ、その氷柱《つらら》のようにとがった牙で、ミントにかみつく寸前でした。モリは、その鼻先にとびこみました。ギラにはあたりませんでしたが、動きをとめることはできました。

「ちっくしょう！」

ナミはくやしがりました。

ギラは、モリがとんできた方向に顔を向けました。そこで、ジマの上にいるナミを見つけました。一体なぜくじらの上に人間がいるんだ。しかも子ども……ギラはつかの間、ナミに気をとられました。その隙に、マカロンはミントを救いだしました。

ナミはさらにモリをなげようと、あたりを見まわしました。するとジマが生やした背中の手が、ナミの足首をがっちりつかみました。

「なにすんだ、ジマ！」

「いいからそのまま息をとめてしゃがみこむんだ。いいかい、息をするんじゃないよ!」

「なんで……」

といいかけたところで、海面が目にとびこんできました。ジマは前まわりをするみたいに、その場でくるっと一回転したのです。あぶねえとモメタが背中からはなれました。ナミがあわててかがみこんだ直後、口の中に海水が入ってきました。

ジマはギラに尾びれをたたきつけるため、縦に一回転したのです。尾びれが上空からギラにおそいかかります。ジマの巨大な体のせいで、太陽が見えなくなりました。とんでもなく大きな黒い布で、空一面がおおわれたようなものです。

ギラは口元に冷たい笑みをうかべました。そしておちつきはらって、そこから逃げさりました。

ジマの力にかなうものは、この海のどこにもいません。まともに向きあえば、ギラですらかないません。ただジマは体が大きい分、動きがとてもおそいのです。どう攻めてくるかを読むことができれば、かわすことなどわけありません。

ですが、ジマの口元にも同じ笑みがうかんでいました。

「あんたがこれをよけることぐらいわかっているさ」

そういうと、力いっぱい尾びれをふりおろしました。ドカンと爆発するような音がとどろき、あたりが土煙で見えなくなりました。くじらもシャチも、一体なにが起こったのかがわかりません。煙がきえさると、全員があっと息をのみました。海峡をつくっている陸の一部に、バカでかい大穴があいていたのです。ジマは、なんと尾びれで岩をぶちこわし、トンネルをつくりあげたのです。

「さあ、ここをとおるんだ」

これでは、シャチが海峡の入口をふさいでいても意味がありません。くじらたちはいそいでそのトンネルをぬけました。海水をのんでゴホゴホとむせながらも、ナミはぴょんぴょんととびはねていました。

「ナミ、だいじょうぶかい？」

「だいじょうぶだよ。それよりジマ、すごいじゃないか。こんなことできるなんてわたし知らなかったよ」

もどってきたモメタが、あきれていいました。

「……なんちゅう力だよ。ジマが本気であばれたら地球はこなごなになるんじゃねえのか……」

ジマはトンネルの入口をたちふさぎ、くじらたちが逃げるまでの時間をかせいでいべえをしました。ギラはくやしそうにこちらをにらんでいます。それに向かって、ナミはあかんべえをしました。

「ざまあみろ！」

ギラはいまいましそうに舌うちすると、シャチたちを連れて、どこかへとたちさりました。ジマに逃げられたとはいえ、じゅうぶんに成果はあったからです。

ナミとモメタは、わっとさわぎたてました。

シャチたちからまぬがれたくじらたちは、ようやく体を休めることができました。子どもくじらの数は、五十頭から三十頭にへっていました。ほかはみんな、シャチのえじきとなったのです。

お母さんくじらもへっていました。よわりはてたその体では、シャチにたち向かうことはできなかったのです。

お母さんくじらたちがすすり泣く声が、あちこちからきこえてきます。海の底からたちのぼるその泣き声は、空一面を悲しみでうめつくしていました。

ナミも泣いていました。シャチにのしかかられ、くるしげにうめく子どもくじらの姿が、今も目に焼きついてはなれません。

ジマが、なだめるようにいいました。

「……いいかげん、泣くのはよしな」

ナミは、しゃくりあげながらききかえしました。

「ジマは泣かないのかい？　悲しくないのかい？」

「……泣くなんてことはとうの昔にわすれちまったよ」

ジマは、ため息ともつかない息をはきました。

「じゃあ、悲しくなったときはどうするのさ？」

「これだけ長く生きてるとね、悲しいことも感じなくなるのさ」

「そうかあ……それは悲しいことだね」

「……そうかもしれないね」

それからどちらもだまりこみました。お母さんくじらのすすり泣きは、さらに大きくなりました。

ただ波はおだやかで、海は夕焼けにそまっていました。この同じ海で、先ほどのむごたらしい戦いがくりひろげられたのです。それが今は、こんなに美しい姿を見せてくれていました。

海ほどいろんな表情があるものをわたしは知らないよ。ジマは以前そういっていました。そのことばが、ナミの心に痛いほどひびきました。

ナミが、ぽつりとたずねました。

「……ねえ、ジマ……どうしてあの子たちをたすけてくれなかったの？」

ジマは口をとざしました。なにか適当にこたえることもできましたが、それはしたくありませんでした。ナミも、それ以上たずねませんでした。

そこに、おさない声がひびきました。

「おーい、ナミ」

手の甲で涙をふいてから、ナミは下を向きました。ミントがひれをふっています。

ナミは、ジマの胸びれにとびおりました。

「ミント、どうしたの？」

「さっきナミがモリをなげてたすけてくれたんでしょ。そのお礼がしたかったんだ。ありがとうね」

ミントがにこにことといいました。その笑顔を見て、ナミはふと気づきました。

もしジマがあそこでむりをしていたら、ミントまでやられていたかもしれない。この子どもたちを救うために、ジマはしかたなくそうしたんだ。

ナミは、ななめ上にあるジマの左目を見あげました。ジマは小さくうなずきました。

ふたたびミントに向きなおると、ナミは胸をはりました。

「いいんだ。ナミはミントよりお姉ちゃんだからね。またシャチがきてもわたしがおっぱらってやるよ」

すごいなあ、とミントは感心してひれをたたきました。

夜になるまで、ナミはミントにモリのなげかたをおしえてやりました。

それから数日がたち、くじらたちもおちつきをとりもどしました。もう海峡はありません。あとは目的地にたどりつくだけです。ジマたちは、ひたすら北へ北へとおよいでいました。

恐ろしい目にあいましたが、もうシャチの魔の手からはまぬがれました。ナミはしだいに元気になってきました。そこで、ふと気づきました。

ナミは、ジマの鼻の穴にといかけました。

「ねえ、モメタどこに行ったの?」

二日前からモメタの姿が見えないのです。

ジマは返事がわりに、ななめ上に目をやりました。すると、その方角からモメタがとんできました。

モメタはジマの背中の上におりたつと、息をととのえる間もなくいいました。

「だめだ。ジマ、とんでもねえ海流だ。とてもわたれねえよ」

「……やはりか」

ジマはうめくようにいいました。その暗い声を耳にして、くじらたちがざわめきはじめました。

ナミが早口でたずねました。

「どうしたの？　なにかあったの？」

モメタがこたえました。

「この先にとんでもねえ、流れのきつい海流ができてるんだ。めったにねえ現象なんだけどよ。ジマはわたれても、なあ」

と、モメタは目線を下にやりました。やせおとろえたお母さんくじらと子どもくじらが、心配そうにこちらを見あげていました。

ナミがおずおずとたずねました。

「じゃあ、どうするの？」

ジマがかたい声でかえしました。

「……しかたない。遠まわりをしてもうひとつの海峡をわたる」

「海峡って、じゃあ……また」

おびえのせいで、とても最後までいいきれません。ナミのことばを、ジマがつぎました。

「シャチがまちかまえているだろうね」

はげしい動揺が、くじら全体をつらぬきました。あのシャチがまたおそってくる。それは思いだしたくもない恐怖でした。

ジマは考えこんでいました。

前のシャチとの戦いで、ギラはあっさりとひきさがりました。いつもしつこいギラらしくない行為です。なにか理由があるはずだ、とジマはかんぐりました。そこでモメタを偵察にいかせたのですが、やはりその予感はあたっていました。ギラは、その海流を知っていたのです。海流を避けるためには、もうひとつの海峡をこえなければなりません。そのときにくじらをしとめればいい。ギラはきっとそう考えていたのにちがいありません。

みんなの不安をとりのぞかなければ、とジマは口をひらきかけました。でもことばが形になりません。前の海峡で死んだ子どもくじらのことを思いだしたからです。

みんながうちひしがれていると、一艘《そう》の船がやってきました。見おぼえのある船です。

ジマはその船を腹の中に入れると、鼻の穴からだしてやりました。

「おっ、ひさしぶりだなあ」

甲板に一人の男があらわれました。トシッチでした。トシッチはジマの背中におりたつと、なつかしそうにナミを見おろしました。

でも、ナミもモメタも反応しません。シャチへの恐れで、トシッチの相手をしている余裕がないからです。

トシッチが口をとがらせました。

「おいおい、はるばる南の海からきたってのに、なんで無視なんだよ」

モメタがわずらわしそうにいいました。

「……トシッチ、なにしにきたんだよ」

「ジマにたのまれてこれもってきたんだよ」

そういい船にもどると、モリをぎっしり抱えておりてきました。ナミは、おずおずとその一本を手にしました。今もっているモリよりもかるくて、よくしなります。

ジマが重い口をひらきました。

「……ナミ、まだおまえがシャチにたち向かう勇気があるのなら、このモリをうけとりな。だがそうでないなら、トシッチにはこれをもって帰ってもらう」

ナミは手にしたモリを空にかざし、じっと見つめていました。その様子を、ほかのくじらたちもながめています。

すると、ナミがきっぱりといいます。

「……わたし、うけとる。これでみんなをまもる」

そのとき、ミントがさけぶようにいいました。

「わたしも戦う。シャチなんかこわくない！」

くじらたちのあいだからいきおいのある声があがりました。ナミとミントの決意が、みんなにつたわったのです。

これならだいじょうぶだね、とジマはほっとしました。

ナミもくじらの子どもも、この旅で成長しているのです。

さらにトシッチは、ダンボールいっぱいの本をもってきました。それは、人間の子ども用の教科書でした。ほかにも、絵本や、童話、人間のくらしぶりがえがかれている小説や、マナー本なんかもあります。

ジマがきりだしました。

「ナミ、今日からわたしが字をおしえてやる」

ナミが顔をしかめました。

「字って陸でくらす人間がつかうやつだろ。わたしはいいよ。だってそんなの習ってもつかわないじゃないか。ここに人間はわたししかいないんだから」

「……いいから字を習うんだ」

「自分で字を書いて、自分で読むの？　おかしいよ、そんなの」

作戦をあらためるように、ジマは声をやわらげました。

「字が書ければ、手紙も書けるようになるんだ。手紙を書きたいと思わないかい、ナミ？」

「手紙ってなにさ？」とナミが首をひねりました。

「人間はとおくにいる大事な人になにかつたえたいとき、それを手紙に書いてポストに入れるんだ。そうすれば、その手紙を配達人がとどけてくれる」

モメタがわって入りました。

「なんだそりゃ。人間には電話とか無線機があるだろ。なんで手紙書くなんて面倒なことするんだよ」

せっかくナミにいいきかせているのに邪魔するんじゃないよ……そういらだちながらも、ジマはていねいにおしえてやりました。

「……人間は口に出してつたえられないことを手紙に書くんだ。口じゃいいにくくても、手紙ならつたえられるってことがあるんだよ」

モメタが鼻で笑いました。

「口に出していえねえことってなんだよ。そんなのなにがあるんだよ。おかしな連中だぜ、人間はよ」

ナミが、それにちょうしを合わせました。

「そうそう、おかしい。おかしい。だから字なんか習わなくていいよ」

ジマが目の色をかえました。

「……わたしのいうことがきけないのかい」

腹の底からしびれるような、ドスのきいた声でした。

「わっ、わかったよ。そんなに怒らなくてもいいじゃないか。ちゃんとやるよ」

ナミだけでなく、トシッチとモメタもふるえあがりました。これまでにジマのそんな声を、きいたことがありません。

ジマが、しずかな声でつづけます。

「それとトシッチ」

「なっ、なんだよ……おれっちはなにもわるいことやっちゃいねえぜ」

つぎは自分が怒られる番かと、トシッチは身がまえました。

「すまないけど、わたしたちが南の海に帰るまでつきそってくれ」

「なっ、なんでだよ！　ジマが南の海にたどりつくまでって、むちゃくちゃ時間がかかるだろ。そのあいだおれっちは漁ができねえじゃねえか」

「心配するんじゃないよ。この北の海じゃさかながわんさかとれるからね。ぶじ海峡をぬけることができたら、わたしが漁を手伝ってやる」

「この海にはさかなもいるかもしれねえが、シャチもわんさかいるじゃねえか。そんなおっかねえところにいたくねえよ」

トシッチは、びくびくしながらあたりを見まわしました。そのおびえた姿を見て、ナミとモメタはおかしくなりました。ジマは、そっけなくいいかえしました。

「あんたみたいなまずそうな人間をシャチが食べるわけないだろ。安心しな」

モメタがゲラゲラと笑いました。笑うな、おまえもまずそうじゃねえか、とトシッチはむきになってどなりかえしました。

夜になりました。

ナミは小屋の中で、すでに眠りについています。あざやかな月明かりの下で、トシッチとモメタはお酒をのんでいました。おつまみは、トシッチがつくったするめです。

「長くいることがわかってりゃ、もっとビールもってきたんだけどなあ」

トシッチがそうぐちると、ジマが冷ややかな声でいいました。

「わるかったね。前もっていっておけばよかったかい」

トシッチがびくりとかえしました。

「いや、そんなことねえよ。ちょうど酒をひかえようと思ってたところなんだよ」

すると、ジマがふいにだまりこみました。そして、小屋の様子をさぐりました。ナミの大きないびきがきこえてきます。どうやらだいじょうぶそうだね。そう安心すると、ジマは声をあらためました。

「……で、どうだった。トシッチ」

酔いがさめたように、トシッチはまじめな顔になりました。

「なんとかさがしあてたぜ」

「そうか……」

ジマがかみしめるようにいいました。話の内容がわからずに、モメタがふてくされました。

「おいおい、なんだよ。二人だけのひみつかよ。おれはおしえてもらってねえぞ」

トシッチがなだめるようにいいました。

「いや、モメタ。なにもおまえにないしょにしてたわけじゃねえんだけどな。おれっちはジマにたのまれて、ナミの家族をさがしてたんだよ」

「家族って……ナミのか？　なんで今さらそんなのさがすんだよ。ジマ？」

モメタはおどろいてききかえしましたが、ジマは相手にしません。

「……トシッチ、つづけておくれ」

「とりあえずジマにおしえてもらったナミの両親の名前、ルークとエマの名を手がかりにさがしたんだよ。あの船の沈没事故はおれっちの村でも大さわぎになった事故だからな。けっこうかんたんにわかった。でもまさかナミがあの事故の生きのこりだとは思わなかったぜ。ジマもはやくおしえてくれたらいいのによぉ」

「それはいいから、どうなったんだい？」

話が脱線しそうになったので、ジマは元にもどしました。トシッチはあわててつづけます。

「そうそう、それでよ。父親のルークの方はわからなかったけど、エマの家族はすぐに見つかった。おれっちの村から南にいったところにある、ルンカっていう街にエマの両親と姉がくらしていたんだ。どうやら三人は、エマの家族にナミを見せるための里帰りのさいちゅうにあの事故にあったみてえだな。かわいそうによぉ……」

トシッチがしんみりといいました。この調子ではいつ話がおわるかわかったもんじゃありません。ジマは、せかすような口調でたずねました。

「で、そのエマの家族に会ったんだろうね」

「おっ、おう。もちろんだぜ。これがまたでけえお屋敷でよお。エマの父親はこのあたりじゃ有名な貿易会社を経営してるんだってよ。つまり、ナミはいいところのお嬢さんってわけだ。おれっちがナミが生きていることをおしえてやると、みんなボロボロ泣きだしてよお。そりゃあ死んだと思っていた孫が生きていたんだからそうなるよなあ。えらいさわぎになっちまったぜ」

「そうかい。それであのことは話したのかい？」

「ああ、みんなナミをひきとりたいってよ。そりゃあ娘の忘れがたみなんだから当然だよな。とくにエマの姉さんのユリアさんのいきおいがすごくてよ。エマとは本当に仲がいい姉妹だったみたいで、エマが亡くなったときはショックのあまりユリアさんも死んじゃうんじゃないかって、みんなが心配するほど憔悴《しょうすい》したそうだぜ。屋敷の使用人にきいたんだけどよ、ユリアさんは子どもが産めない体らしくてさあ、それが原因で離婚して家にもどってきたんだよ。あんな美人でやさしい人をそんな理由でふるなんて、おかしな野郎もいるもんだぜ、なあ」

とモメタにきいてきたので、モメタは気味わるそうにかえしました。

「バカ、おれは会ったことねえんだから知るわけねえだろ」

「そうか、そりゃあ、そうだな」

と、なぜかトシッチが頬をあからめました。そして、それをごまかすようにつづけました。

「で、死んだと思っていたナミが生きていたってわかったからさあ、すぐにでもナミに会いたいからおれっちについていくって、ユリアさんがきかなくてよ。ちゃんと連れてくるからここでまってくれって必死でなだめて、逃げだすようにして家をでてきたってわけさ」

ジマはほっとしました。

「……どうやらナミの家族はいい人間みたいだね。それなら安心だ」

「おうよ、みんなとびきりいい人たちだったぜ。おれっちにたんまりおみやげもくれたしよお」

するど、モメタが口をはさみました。

「おいおい、ちょっとまてよ。ナミをひきとるって……じゃあナミはここからおりて陸にあがるのかよ」

ジマはしずかにうなずきました。

「ああ、そうさ。あの子は人間だ。いつまでもくじらの上にいるわけにはいかないさ」

「それで字をおしえるとかいいだしたのかよ」

「陸にあがってからふべんがないようにしてやらないとね。少しでもほかの人間になじめるようにしてやるのが親のつとめだろ」

モメタがさぐるような声でいいました。

「でもよお、なんだってきゅうにさあ……」

「人間の年でいえば、あの子はそろそろ学校にいく年だからね。ちょうどいいきりさ」

どうもおかしい。モメタはそう思いましたが、まずはべつの心配を口にしました。

「でもよお、あのナミが陸にあがるかなあ。たとえ家族がいるってきいてもよ。絶対に承知しねえと思うけどなあ。わたしは海の子、ジマの子だ、ってのが口癖なんだからよお」

トシッチも同意しました。

「おうよ。おれっちもそう思うぜ。あのがんこなナミがすなおにいうことをきくとは思えねえぜ。ジマ、どうする気だよ?」

「そんなことはわかってるさ。だから一ヶ月ほど家族に会いに陸にあがるだけで、またわたしがむかえにいくとうそをつくつもりさ」

モメタが目をむきました。

「おいおい、ナミにうそついたままお別れする気かよ。いいのかよ、それで？　あとでナミがそれを知ったらめちゃくちゃ怒ると思うぜ」

「いいんだよ。それ以外に方法はないんだからね。あの子も街になじめばわたしのことなんてすぐに忘れるさ」

と、ジマはあっさりいいました。

モメタとトシッチは少しふくざつな気分でした。ほかに方法がないのかと頭をひねりましたが、なにもよい案はうかびません。

「そうだ」

トシッチが声をあげました。そして船へとかけあがり、皮かばんから一枚の手紙をとりだしました。それから甲板にでて、それを上にかかげました。

「ジマ、これ読んでくれよ」

ジマは、ひげで手紙をうけとりました。

「なんだい？　これは？」

「なんでもエマがあの事故の直前にユリアさんにあてた手紙だってよ。ジマに見せてやろうと思って、おれっちがあずかってきたんだよ」

ジマは読みはじめました。紙からぬけだして、とびはねてきそうなほどいきおいのある字でした。ナミがあれほど元気なのはエマに似たんだろうね、とジマは苦笑しました。

手紙を読みおえると、ジマはぼそりといいました。

「……はやくナミをユリアに会わせてやらないとね」

トシッチが胸をたたきました。

「おう、そうだろ。おれっちがちゃんとナミをユリアさんの元におくりとどけてやるからよ。まかせとけって」

トシッチのはしゃぎかたをぶきみに思いながらも、そのゆるんだ空気をひきしめるように、ジマはするどい声でいいました。

「その前にぶじ海峡をぬけないと、南の海にもどれないよ。つぎはあいつも手かげんしてくれないからね」

「おいおい、あいつってなんだよ」

恐ろしげなそのひびきに、トシッチはうろたえました。

その不安をあおるように、モメタが説明しました。

「ギラっていうとんでもなくでかいシャチさ。シャチのくせにくじらほど大きくてよ、大人のくじらでもひとかみでやっちまうんだぜ」

「おいおい、なんだよ、その化けものみてえなシャチはよお……まさかおれっちもそいつと戦えってんじゃないんだろうな。ジマ？」

「あんたみたいなおくびょうな人間のたすけなんかいらないよ。海峡ちかくになったらいったん別れて、海峡をぬけたところでまた合流すればいい。シャチは人間の船はおそわないからね」

トシッチはまだおびえていましたが、とりあえずジマを信用しました。いい機会だ、とモメタはなにげなくたずねました。

「それにしてもよ。ジマはだいぶ前からあいつのことを知ってるみたいだよな」

ジマがだまりました。重く、ふかいしずけさです。そのよどんだ空気に、モメタはとまどいました。

ジマが声をしぼりだしました。

「……そりゃあそうさ。わたしの子どもはみんな、ギラに食われたんだからね」

トシッチとモメタはことばをうしないました。

ただのそぼくな疑問のこたえに、そんな悲しい過去があったなんて……「いや、あのさ」と、モメタがごまかそうとしました。その反応を気にとめることなく、ジマはたんたんとつづけました。

「わたしの子どもはね、なぜかみんな体が小さかったんだよ。わたしがこれだけ体が大きいとね、逆に小さな子どもをまもるのはむずかしいんだ。波やひれでふせごうが、ギラはたくみにかいくぐってくるからね。あいつは、まるでねらいうちするかのようにわたしの子どもをおそってきたんだ。まあ、これまであいつとはさんざんやりあってるからね。そのしかえしのつもりなんだろう。そのおかげで、これまで生まれた子どもはみんなシャチのえじきになっちまった……」

しゃべりながらも、ジマはナミとの会話を思いだしました。泣くなんてことはとうの昔にわすれた、とジマはいいました。ただそのとき、かんじんなことは胸の奥にしまっていました。

さいごに涙をながしたとき……それは、いちばん末の子どもがギラにやられたときでした。

ギラがジマの攻撃をかわし、子どもに体あたりしました。あっという間に子どもがひきはなされ、そののど元にギラの牙が食いこみました。

ギラはほかのシャチのように、おぼれ死にさせるような面倒はしません。エモノをとらえると、まっ先にかみ殺すのです。

自分の子どもの死体に、シャチたちがむらがりはじめました。ジマはそれをふりかえることなく、仲間をまもりながら海峡へと向かいました。

ただそのひとみからは、涙がとめどなくあふれていました。子どもが命をうしなうたびに、ジマはひたすら泣きあかしました。その涙は、海の水位をあげてしまうほどのとんでもない量でした。

それをさいごに、ジマは泣けなくなりました。生きているあいだにながせる涙すべてを、そのときながしつくしたのです。

重くるしい雰囲気をかきけすように、モメタが明るくいいました。

「……じゃっ、じゃあよ。さいごはあの野郎をやっつけてよ、子どものかたきをとってやろうぜ。なあ」

「おっ、おう、そうだ。そんなシャチ、こてんぱんにしてやろうぜ」

トシッチが、それをあとおししました。

「そうだね……」

ジマはそうささやくと、ナミの様子をたしかめました。ナミは、たからかにいびきをかいていました。

トシッチが旅にくわわりました。

くじらたちは大人の人間がめずらしいのか、しきりにトシッチを見たがりました。「人間の女にはモテねえのに、くじらにはモテモテだなあ」と、モメタがからかうたびに、「うるせえよ」と、トシッチが顔をしかめました。

とくに、ミントがトシッチのことを気に入りました。トシッチが船の上から釣りをしていると、興味ぶかそうにながめています。そんなミントを見て、ナミはふしぎそうにききました。

「そんなに釣りがおもしろいかい、ミント?」

「うん、おもしろいよ。」

ナミが口をまげました。

「さかなをつかまえるならモリでついたほうがよっぽどてっとりばやいけどなあ」

釣りざおをあやつりながら、トシッチがあきれました。

「ほんと、おまえはたんじゅんだな。釣りってのはもっと奥ぶかいもんなんだよ。くじらにわかって、人間のおまえがわからないなんてどういうことだよ……って、ああ、やられちまった」

と、くやしそうにさおをあげました。釣り針のエサがとられています。

ほら見ろといわんばかりに、ナミが声をあげました
「釣りはさかなをつりあげるのにエサがいるんだよ。そんなイカなんかつけてさあ。そのまま食べちゃえばいいのに。もったないなあ」

「バカ野郎。いいエサつけるからこそ、でけえエモノが釣れるんじゃねえか」

ナミがきょとんとしました。

「えっ、そうなの？」

「そうだよ。でっかいエモノをねらうコツはな、これはもったいないなあ、やめようかなあって迷うぐれえのいいエサをつかうんだよ」

「じゃあさあ、トシッチをエサにしてマグロをつかまえようよ。これだけ大きいエサなら、でっかいマグロも釣れるよ」

ナミの意見に、ミントがさんせいしました。

「うん、それいいね。ジマにたのんでみようか」

ジマがそれにこたえました。

「ああ、やってみようか。ただ、わたしはいいエサだとは思わないけどね」

「やってみようか、じゃねえだろ。おまえら本気でやりかねねえからな。寝てるあい

だに海にでもほうりなげられたら、たまったもんじゃねえよ」

トシッチがふるえあがったので、ナミとミントは声をあげて笑いました。

そんなふうにして遊びながらも、ナミはモリをなげる訓練をしていました。的をねらって、モリをなげこんでいきます。的は、トシッチにこしらえてもらいました。

あたらしいモリはとてもかるく、前よりもとおくにとばすことができました。ついには、すべて的のまん中に命中できるようになりました。

一方、ジマはくじらたちにおかしな動きをおぼえさせていました。ジマが合図をすると、くじらたちがいっせいに海へともぐりこむのです。しかも、かなりの長時間でした。

はじめはタイミングがずれたり、子どもがもぐれなかったりと、どうもうまくいきません。しかも、なぜこんなことをさせるのか、ジマは一切説明しません。ただ、何度も何度もその動きをくりかえさせるだけでした。

くじらたちは疑問に思いながらも、しかたなくジマにしたがいました。おかげでどうにか、全員が同じタイミングでもぐれるようになりました。

その合間に、ジマはナミに文字をおぼえさせました。背中の手をつかい、教科書のページをめくります。ナミは鉛筆をつかって、背中にちょくせつ字を書いています。

少しでもまちがうと、

「そうじゃない。それは書きじゅんがちがう」

と、ジマにしかられます。体を動かすことが好きなナミは、この時間がいやでたまりませんでした。

ある夜のことでした。

ナミがむくりと起きあがりました。ベッドの横にある木の上で、モメタがぐっすり寝こんでいます。これがモメタのベッドなのです。

その下では、トシッチが横になっています。背が高いので、とてもきゅうくつそうに寝ています。それをふまないように気をつけながら、小屋の外へとでました。

風がそよぎ、海のにおいをはこんでいます。くじらたちも眠りについているのか、声ひとつきこえてきません。背中のはしまで歩いていくと、ナミはひざをかかえてすわりこみました。そして、しくしく泣きはじめました。

それに気づいたジマが、ささやくようにたずねました。

「……どうしたんだい？」

「……ミントがシャチにやられちゃう夢を見たんだ。もうすぐ海峡だろ。本当にミントや子どもたちがやられちゃったらどうしようと思って……もう、みんなが死ぬのを見たくないんだ……」

「わたしにまかせておくんだ……とはとてもいえないね」

自分を責めるように、ジマはにがい笑みをうかべました。

「どうなるかはわからないよ。ぶじとおりぬけられるかもしれないし、みんなやられるかもしれない。すべては自然のままに……それが海に生きるもののさだめさ。ただね、やれるだけのことはやったんだ。おまえも、ずいぶんモリの練習をしただろ」

ナミはこくりとうなずきました。

「じゃあとは神様に祈るだけさ。どうかみんなをまもってくださいってね」

「そうかあ、神様にかあ……」

ぼんやりそういうと、ナミはとつぜんたちあがりました。

「そうだ。神様に手紙を書こうよ。この前ジマがおしえてくれただろ。人間はとおくにいる大事な人になにかつたえたいときは、手紙を書いてつたえるんだって」

「えっ、神様に手紙かい……」

ジマは少しおどろきましたが、おもしろそうに眉をあげ、その話にのってきました。

「それはいい考えだ。ちょっとまちな」

背中の手を使い、字の教科書と白い紙とえんぴつを小屋からもってきました。えんぴつを左手にもちながら、ナミは紙と向かいあいました。ただすぐあきらめたように、体の力をぬきました。

「ねえ、ジマ、神様の『か』ってどう書くんだい？」

「さっきおしえたばかりだろ。もうわすれたのかい」

ジマはあきれて教科書をひろげ、ていねいに文字をおしえなおしました。ナミはけんめいに字を書いていきます。ひらがなばかりでだれも読めないような字になりましたが、なんとか手紙ができあがりました。

ナミは満足そうにそれをながめていましたが、ふいに首をかしげました。

「ねえ、ねえ、この手紙、どうやって神様にとどけるの？　ここにはポストもないし、配達の人もいないよ」

「そうだねえ……」

さすがのジマも、神様への手紙のとどけかたまでわかりません。頭をなやませていると、あることがひらめきました。

「ナミ、背中に手紙をひろげな」

ナミはいわれたとおりにしました。すると、ジマは背中の手で手紙をおりたたんでいきます。おりがみでした。

一体なにができるんだろう。ナミはわくわくしながら見まもりました。そしてできあがりをまたずに、あっと声をあげました。

「紙ひこうきだ！」

トシッチがナミにつくりかたをおしえたときに、ジマもおぼえてしまったのです。

「さあ、それを空にとばすんだ。そうすればきっと神様にとどくよ」

わかった、とナミはうなずきました。

紙ひこうきを手にとると、空に向かって、ゆっくりとなげました。三日月にすいこまれるように、ひこうきはまっすぐとんでいきます。やがて、その姿が見えなくなりました。

ナミは、その方向を見つめながらききました。

「……ねえ、これで神様おねがいきいてくれるかなあ」

「さあ、どうだろうね。きいてくれるといいけどね」

ジマも、同じ方向をながめながらいいました。

海峡を越えろ

つぎの日。

くじらたちがおよいだあとの波が、かすかにゆらめきました。ジマの顔にも、緊張の色が見えはじめました。とうとう海峡にちかづいてきたのです。

ナミはモリの準備をはじめました。何十本ものモリを自転車のチューブでぎゅっとしばります。これで、一本一本ひきぬいてもばらばらになりません。

シャチを思いうかべ、モリをなげる動きをくりかえしました。本当にこれでやっつけられるのか、という不安をふりはらいながら、何度も何度も力いっぱい腕をふりぬいています。

船を操縦しているトシッチに、ジマは声をかけました。

「トシッチ、そろそろはなれな。海峡がちかくなってきた」

そしておよぎをとめると、一同がそれにならいました。トシッチもエンジンをきって船をとめました。くじらたちの背中をふみ台にして、ナミは甲板の上にたどりつきました。そこにモメタやミントもくわわりました。

トシッチがやわらかく笑いかけました。

「ナミ、海峡の向こうでな」

「うん、わかった」

と、ナミはうなずきました。

「モメタも向こうで酒もりしようぜ」

「おうっ、いい酒用意しとけよ」

と、モメタがはねをかるくもちあげました。

それから、トシッチはミントを見つめました。その目には、なんともいえないふくざつな色がうかんでいました。もしかしたらミントを見るのはこれでさいごかもしれない。トシッチは、そんないやな予感にとらわれていたのです。

それをふきとばすように、トシッチはとびきりの笑顔をつくりました。

「ミントもな。海峡をこえたら、とびきりうまいさかな釣ってやるからな」

「うん、楽しみにしとくよ」

と、ミントは笑みでかえしました。

トシッチの船を見送りおえると、ジマが気合いを入れなおしました。

「さあ、いくよ」

くじらたちが同時にうなずきました。ナミはモリを手にすると、じっと北の方角を見つめました。

くじらたちの長い旅が、いよいよおわりをむかえています。はじめよりもくじらの数はかなりへりました。これからまたへるかもしれません。ですが、前へ前へとすすむしかないのです。

ナミは双眼鏡をのぞきませんでした。のぞいてものぞかなくても、シャチはやってくるのです。そんなものを見て心がみだされるぐらいならば、見ない方がいいにきまっています。

ジマのひげがぴくりと動きました。はるか向こうにいる、偵察用のシャチを見つけたのです。今度は、ジマが先でした。そして、あんたがいることはわかってるよ、とでもいうように、ひれで海面をたたきました。シャチは先手をとられたことに気づくと、くやしそうにひきかえしていきました。

陸が見えてきました。海峡の入口も目に入りました。そしてそこに、シャチの群れがまちかまえていました。もちろん、ギラがまん中にいます。ナミは、モリをもつ手に力をこめました。

くじらたちのかまえを見て、ギラはあやしみました。以前のように全体が体をくっつけて、ひとつにかたまっていないのです。母親たちは子どもによりそってはいるのですが、くじら同士のあいだにはずいぶん距離がありました。これでは、おそってくれといっているようなものです。ふつうならば、そんな陣形をとるはずがありません。

なにか罠があるはずだ。ギラは用心しました。海面をひれでたたいて、シャチたちに注意をするようにつたえます。

ジマはどこかで動くはずだ。そのときおそいかかればいい。その変化を見さだめようと、ギラは目をこらしました。

ジマを先頭に、くじらたちはどんどんせまってきます。速度をゆるめることなく、まるで、シャチたちが見えないかのようにつきすすんでくるのです。

ギラはめずらしくあわてました。いつもならくじらたちがたちどまり、にらみあいがはじまる距離です。なのに、とまる気配すらありません。

そこではっとしました。これは、罠などではない。罠だとこちらに思わせることが、ジマの本当のねらいなのだ、と。動きをとめないことでこちらをうろたえさせ、その隙に強行突破する作戦なのです。

そうはさせるか、とギラはたからかに鳴きました。それは、シャチたちの攻撃の合図でした。シャチたちは列をみだすことなく、いっせいにおそいかかりました。どす黒い波がくじらたちにせまります。

ただ、くじらたちもあゆみをとめません。おたがいが前進するので、みるみるうちに距離がちぢまります。

シャチたちが、ほんの目前にまでやってきました。今度は、くじらたちがあわてる番でした。というのも、シャチを無視してとにかくつきすすめ、とだけしかジマにきかされてなかったからです。このままではシャチのえじきになるだけです。一体ジマはどうするつもりなんだろう。くじらたちに迷いが生まれたそのときでした。

「今だよ。みんな！」

ジマがほえました。くじらたちは、ざぶんと海の中へもぐりました。合図をきけば体が自然と反応するまでくりかえした、あの動きでした。

「ナミ！」

「わかってるよ。もうもってるよ」

ナミは背中の棒にだきついています。弓をひきしぼるように、ジマは尾びれに力をためました。シャチはもうすでにジマの胸びれをぬけています。そして子どもくじらをねらって、海にもぐりこもうとしました。

その瞬間、ジマはたくわえた力をときはなちました。その場でくるりと横に一回転したのです。ぶおんというすさまじい音がしました。風をきりさくというよりは、巨木をふりまわし、風ごとなぎたおすようなひびきでした。

ジマの尾びれが、せまりくるシャチたちにおそいかかりました。顔がぐにゃりとつぶれると、まるで紙くずのように、つぎつぎとふきとんでいきます。そしてうしろの岩壁に、たたきつけられました。その衝撃で、岩ががらがらとくずれおちていきます。台風が直撃してもこうはなりません。

何十頭というシャチが、壁ぎわにぷかぷかとうかんでいます。どのシャチもうめき声ひとつたてません。

ジマから距離があったシャチたちは、このように気をうしなうだけですみました。ですがジマの目前にいたシャチたちは、まともに尾びれと衝突し、体がぐしゃぐしゃにくだけちりました。

ジマの力だけではこうはなりません。シャチが向かってくる力を利用したため、これほどすさまじい威力になったのです。

ギラは、かしこいシャチです。ただえてしてそういうものは、予想外のできごとによわいものです。そこでジマは、突進するふりをしながら、シャチを一撃でしとめる作戦をたてていたのです。

「やった、やった！」

うれしさのあまり、ナミが小おどりしています。くじらたちもようやく海面へとあがってきました。そしてまわりの様子をたしかめて、わっと歓声をあげました。けれどその喜びをおさえこむように、ジマがきつくさけびました。

「みんな、まだだ！　まだ気をぬくんじゃないよ」

くじらたちはいそいで口をとざしました。ジマは、じっと前を見つめています。すると波がもちあがり、黒光りする背びれが海面からとびだしてきました。それがぞくぞくとつづきます。くじらたちの表情に、さっと影がさしこみました。

ギラがこちらをにらんでいます。目の奥は、闇の炎でもえさかっていました。ジマにしてやられたことへのくやしさで、体がうちふるえています。まわりの海水が蒸発するほどのすさまじい怒りでした。

生きのこったほかのシャチたちも、似たような表情をうかべていました。ギラとそのちかくにいたシャチたちは、ぶつかる寸前で海中へともぐりこみ、ジマの尾びれからのがれていたのです。

ジマも、これぐらいではギラをたおせないことはわかっています。ここからが本当の試練でした。

「いいかい、とにかく海峡をぬけるんだ」

シャチたちが動くのを見て、お母さんくじらたちはあわてました。ギラをうろたえさせるのと自分たちがもぐりやすくするために、あえてかたまらずにばらけていたので、陣形がまったくとれていません。

このままじゃ、まずい。ジマは胸びれをもちあげようとしました。ところが力が入りません。よわった体で尾びれをふりまわしたせいで、思った以上に体力をつかってしまったのです。

ジマを用心しているのか、シャチたちはすぐに攻撃してきませんでした。ですが、ジマがなにもできないことを、間もなくさとりました。一頭のシャチが、近くの子どもくじらめがけて一直線に向かってきます。お母さんくじらはかなりつかれていて、まもりきる力はどこにものこっていません。

シャチは体あたりをし、お母さんくじらから子どもをひきはなしました。そして、そのままのしかかろうとしてきます。

お母さんくじらが悲鳴をあげようとしたそのときでした。

「ギャアアアアッ！」

とつぜんシャチが絶叫しました。その頭上にはモリがつきささっています。

「やった！　ざまあみろ」

それは、ナミがなげたモリでした。シャチがもだえている隙に、お母さんくじらは子どもを連れて逃げさりました。モメタが注意をうながしました。

「ほらっ、ナミ、つぎもきたぞ」

いそいでモリの束から一本ひきぬくと、ナミはねらいをしぼりました。

「まだだぞ。もうちょいちかよってからだぞ」

ナミをおちつかせるように、モメタはタイミングを見はからいます。シャチがほかの子どもくじらにとびかかりました。

「ほらっ、今だ」

ナミが腕をふりぬきました。しゅんとモリは風をきりさきながら、シャチの背中につきささりました。シャチの絶叫がきこえると、モメタがはねをばたつかせました。

「うまいぞ。完璧だ。ナミ!」

その調子で、ナミはどんどんとモリをなげていきます。それが、おもしろいようにシャチにつきささりました。

シャチが空からふりおちるモリの雨にひるんでいる隙に、くじらたちは海峡をぬけていきます。ジマはうまく身をよせながら、その援護をしていました。

我慢しきれなくなったのか、ギラがとうとう動きはじめました。

「きた、きた……」

ナミの足がふるえました。まるで、漆黒の山がせまってくるようなものです。それほどの迫力でした。ジマが、ギラの正面に向きなおりました。胸びれでもちあげようと、ギラが横をすりぬける間合いをさぐります。

ふんと鼻で笑うと、ギラは方向をかえることなく、まっすぐ向かってきました。ジマは力をふりしぼり、胸びれをもちあげました。ところがギラはびくともしません。さらに力をこめましたが、ギラを動かすことはできません。

いくらつかれているはいえ、このわたしがなにもできないなんて……ジマは、あらためてギラの力を見せつけられた思いがしました。

モメタがさけびました。「ナミ！　きたぞ！」

「わかってるって」

先ほどとはちがい、二人のやりとりにかたさが生まれています。ナミはぎゅっとモリをにぎりしめ、ギラに的をしぼりました。

「今だ！」

モメタの合図に、ナミの体が反応しました。モリがまっしぐらにギラへと向かいます。けれどもその一投は、あえなく海の中へときえていきました。あたる直前で、ギラがすばやく身をかわしたのです。見えないほどのはやさでした。

あたったと思ったのに……ナミはぼうぜんとしました。モメタがせきたてるようにいいました。

「バカ野郎！　ほらっ、つぎつぎなげるんだよ」

ナミはわれにかえり、さらにモリをなげつづけました。ですが、先ほどと同じように海におちるだけです。どうして、どうして……ナミはあせりましたが、モリはかすりもしません。ギラは、からかうようにひらひらとかわしていきます。

ナミは、息をきらしながらじだんだをふみました。

「くっそ！　あたりさえすれば、あんなやつ！」

そのとき、ギラの動きがとまりました。心なしか息があがり、背中が上下していきます。

その姿を見て、モメタが興奮したようにいいました。

「あれだけ動きまわったからつかれたんだ。ナミ、チャンスだぞ！」

ナミの体に力がよみがえりました。よしっ、やってやる。モリをにぎりしめ、肩がぬけそうなほど全力をだしてなげこみました。

ねらいもタイミングも完璧でした。

まるで生きているかのように、モリはぐんぐんと速度をあげていきます。ギラはつかれで動けないのか、よけるそぶりすら見せません。そして、モリはギラの背中へとすいこまれていきました。

「やった！　あたった！」

「ああ、やった。やっとあたったぞ！」

手とはねをとりあって、ナミとモメタがはしゃぎまわりました。ですがその喜びは、一瞬でかきけされました。

ギラは平然としています。そのそばに、モリがぷかぷかとういていました。ギラをつらぬいたかのように見えたモリは、そのかたいひふにはねかえされたのです。こんな武器など、ギラはものともしません。

「そんな……」

ナミは、ひざからくずれおちました。

希望から絶望へとかわる瞬間……それは、ギラがもっとも大好きなものでした。あえてつかれたふりをしたのも、その表情が見たかったからなのです。

うちひしがれるナミの姿をたっぷりあじわうと、ギラは前に向きなおりました。ふと、マカロンとミントが目にとまりました。

たしかあれは、この前しとめそこねたくじらだ。怒りで体があつくなりました。自分からのがれたものが生きていることがゆるせないのです。

ギラは、もうぜんとミントに向かいました。ナミはモリを手にすることも、注意をうながすこともできません。なにをしたってむだだというあきらめの沼に、ふかくしずみこんでいるのです。

ギラは、マカロンからミントをひきはなしました。母親に興味はありません。ねらいは子どもの肉です。ミントはふるえあがり、動くこともできません。

ギラはかみあわせをたしかめるように、二、三度歯をならしました。やわらかい肉に、自慢の牙を食いこませるための準備でした。

その光景を、ナミはぼんやりとながめています。大切なミントが殺される……絶望が、ナミの意識をうすめていました。

ギラが口をあけました。ミントは思わず目をつむりました。牙が上下からおそいかかるそのときでした。

とつぜん、ギラの体がぐらつきました。一体なにがおきたのだ、とギラがふりかえると、そこにはマカロンがいました。ギラに向かって、何度も体あたりしてきます。

うっとうしいやつだ。ギラは標的をかえました。マカロンの攻撃をするりとかわし、あらためてその外見をながめました。頬がこけ、体もやせほそっています。なにをせずともそのまま死んでしまいそうなぐらい、よわりはてた姿でした。

さっさと殺してやる。ギラはマカロンに牙を向けました。そのとき、ふたたび衝撃をうけました。

「おっ、お母さんからはなれろ」

ミントがふるえながらにらんでいました。勇気をふりしぼり、ミントがギラにぶつかったのです。

「ミント!」

ナミが、はじかれたようにさけびました。あんな小さなミントでさえ戦っているのに、わたしはなにをしているんだ……絶望の沼からぬけでられなくなった自分を、ナミは恥ずかしく思いました。そして、ゆっくりとそこから足をひきぬきました。

ギラは、怒りで頭がくらくらしました。

せっかく恐怖にうちひしがれるくじらどもを殺してやるつもりだったのに。それを、こんなみすぼらしい二頭がさからいやがるなんて……煮えたぎるような感情をすべてその目にこめて、ミントをにらみつけました。さかなならば、この目つきだけで死んでしまうでしょう。

マカロンの息がみだれています。もうひれを動かす力さえありません。

すると、ナミが声をはりあげました。

「ミント、こっちにくるんだ」

とつぜんの呼びかけに、ミントはあわてました。マカロンは、おどろいてひきとめました。

「だめよ！　ミント！」

そばにはほかのくじらはいません。まもるものがいなければ、子どものくじらが逃げきれるわけがありません。ナミは、さらにさけびました。

「ミント、釣りだよ。釣りをするんだ！」

ミントははっとして、ナミを見あげました。そして覚悟をきめたように、ナミの方へと向かいました。

ぶきみな笑みをうかべ、ギラはそのあとを追いかけていきます。ジマがそれに気づきました。尾びれで進路をふせごうとしますが、ギラはゆうゆうとかわします。そして、あっという間にミントに追いつきました。うしろからとびかかる力をたくわえるように、背中をまるめています。

そのときでした。ナミがモリを片手にかけだしました。モメタがびっくりしました。

「なにをするんだ。ナミ！　ジマ、たいへんだ」

ジマは即座に反応しました。

背中の手を生やし、ナミをとめようとしました。けれどあわてていたのとナミの動きがすばやいので、うまく足首をつかまえることができません。

ナミは一気にかけぬけると、そのまま海にとびおりました。ナミの足の感触がきえたので、ジマは悲鳴をあげました。

「ナミ！」

ナミは空中で、モリの刃を下に向けました。その先には、ギラがいます。体のどこをついても、ギラははねかえすでしょう。だから、ナミはある一点にねらいをしぼりました。

ミントにおそいかかるための力をときはなつ寸前で、ギラはなにかの気配にかんづきました。その直後でした。右目にするどい痛みが走りました。それは、これまでにあじわったことがないほどの激痛でした。

ギラの右目に、モリがつきささっていました。体はむりだとわかったナミは、目にねらいをかえたのです。

ナミは力をこめて、さらにモリをおしこめました。肉をつらぬくにぶい感触が、手につたわりました。

「グワアアアアアアア！」

ギラが絶叫しました。あまりの激痛にのたうちまわります。海がこわれるほどのあばれっぷりでした。

「ワッ、ワッ！」

ふりおとされないように、ナミがモリの柄をにぎりしめます。そのせいで、ギラの傷口がさらにひろがります。そのたびに、ギラはもだえくるしみました。

「ナミ、ボクに乗って」

ミントがかけつけたので、ナミはタイミングよく手をはなしました。空中にほうりだされると、ミントのそばにうまくおちました。それからいそいで、ミントの背中へとよじのぼりました。

みだれた息をととのえながら、ナミはギラを見つめました。

ギラは、まだあばれまわっていました。尾びれで海面をたたくたびに、爆発するような水しぶきがおこります。

しだいに、そのしぶきがおさまりはじめました。

もだえる動きが小さくなり、やがてぱたりとやみました。海がしずけさをとりもどしました。ただそこにおだやかさはなく、底冷えするようなうす気味わるさがただよっていました。

水しぶきがきえて、ギラの姿がくっきりと見えました。右目にはモリがつきささり、まるで目からモリが生えているかのようです。そこから、どす黒い血がしたたりおちています。

そしてのこった左目で、こちらをにらみつけています。そこには、底知れぬ闇がうごめいていました。

知らないうちに、ナミの足がふるえていました。ギラからはなたれる殺気が、ナミの足をゆらしているのです。

ナミはおそるおそる顔をあげ、もういちどギラを見ました。左目から、闇の炎がもえひろがりました。

ジマがきつくさけびました。

「ナミ、ミント、はやくこっちにくるんだ！」

けれども、ナミとミントはジマとは反対の方向へと向かいはじめました。

「なにやってるんだ！」

その先には岩壁がたちはだかり、逃げ場がどこにもありません。

ようやくギラが動きはじめました。右目の痛みはきえています。なおったのではありません。痛みをわすれるほど、ギラは怒りくるっているのです。

「きた、きたぞ！」

ナミがミントをせかしました。ミントは速度をあげましたが、ギラのはやさにかなうはずがありません。二頭の距離は、みるみるうちにちぢまっていきます。

ジマは、岩壁の方を向こうとしました。あたりの海水をすいこみ、ギラをくいとめようとしたのです。ですが、その程度ではギラをとめられません。どうしようかとゆれる心の隙間に、先ほどナミがさけんだことばが入りこみました。

ジマは動きをとめました。そして決心したかのように、岩壁に背中を向けはじめました。

とうとうナミたちは岩壁に追いこまれました。ミントがうしろをふり向くと、ギラはもう目の前にいました。

ギラは、油断のない目つきでナミを見つめています。もう、どこにもモリはありません。それをたしかめると、ギラはうすく笑いました。

そしてワイヤーでもちあげるように唇がめくれあがり、歯ぐきと牙がその姿をあらわしました。牙は家の柱のように太く、ヤスリでといだようにとがっています。歯と歯のあいだには、生々しい肉のはへんがはさまっていました。

とつぜん、ギラの右目から血がふきだしました。体の内側すべてからわきおこる怒りが、とまっていたはずの血をおしだしたのです。

ミントは青ざめました。この世にこれほど恐ろしい生きものがいることを、今はじめて知ったのです。

その瞬間、ナミが動きました。手をうしろにまわし、ズボンのポケットからナイフをとりだしました。そしてながれるような手さばきで、ギラの左目になげつけました。とてつもないはやわざでした。やった、とナミがこぶしをにぎりしめたのと同時に、カンと金属をたたいたような音がしました。

ナミは、あわててギラを見つめました。ギラは左目をとじていました。ナイフを、まぶたの肉でふせいでいたのです。

ナミの目にまだ光が見えたので、ギラは警戒をとかなかったのです。そしてゆっくりと左目をあけ、ふたたびナミをながめました。目の光はきえています。それと入れかわるように、おびえの色がにじんでいました
これだ。この表情だ。ナミとミントのうちふるえる姿を見て、ギラの笑みがふかまりました。もう、どちらにもさからう力はありません。まずはこのくそなまいきな人間の子どもからだ。ギラは、一息にかみ殺そうとしました。

そのときでした。

ナミのひとみに、ふたたび光がよみがえりました。なにがおきたんだ、とギラはあたりを見わたします。ですが、なんの異変もありません。ほかのくじらもどこにもいません。武器もたすけもないのになにができるんだ、とギラは鼻で笑いました。

ですが、そこである変化に気づきました。自分の体が影の中に入っているのです。太陽の方向から考えて、ここに影などできるわけがありません。

不安のかたまりが、腹の底からせりあがってきました。右目の痛みがよみがえり、血がしたたりおちました。それが海とまざりあい、煙のようにゆらめいています。それは、ギラの不安を形でしめしているかのようにも見えました。

その胸さわぎの正体をさぐるように、ギラはゆっくりうしろをふりかえりました。そこには、巨大な漆黒の壁がそびえたっていました。見あげてもその全体がわからないほどの大きさでした。さらに、その壁がこちらへとせまってくるのです。

ギラは生まれてはじめて恐怖を感じました。そして、その影の正体も知りました。

それは、ジマの尾びれでした。

雲もつらぬくほどたかだかと、尾びれをもちあげていたのです。ジマはうしろ向きのまま音もなくちかづき、いつの間にかギラの背後をとっていました。そしてのこり少ないすべての力をつかい、尾びれをたたきつける直前でした。

どれほど細心の注意をはらっても、ふだんのギラにならすぐにかんづかれます。この攻撃は強力ですが、とにかく時間がかかるからです。ところがギラはナミに気をとられ、警戒心がゆるんでいたのです。

逃げなければ……ギラがそう考えおえる間もあたえず、ジマはありったけの力で、尾びれをふりおろしました。

神様が、天から足をふみおろしたような一撃でした。

海面がびりびりとふるえました。その直後に、足の先から頭のてっぺんまでをもつらぬくようなしびれが、ナミの体をおそいました。さらにつづけて、ズドンというきようれつな音がなりひびきました。

「ワアアア！」

大きな波がナミとミントをさらい、岩壁におしつけました。ナミをおとさないように、ミントは必死にひれをふんばって、体勢をととのえました。

しばらくのあいだ、波はおさまりませんでした。ずっとつづくんじゃないか、とナミが心ぼそくなるほどの長さでした。さっきの衝撃のせいで、耳なりがとまりません。水しぶきが霧のようにたちこめ、前もよく見えませんでした。

やがて、そのすべてが元にもどりはじめました。波がおだやかさをとりもどし、耳もきこえるようになりました。霧もしだいにうすれ、視界もはれてきました。

ギラはどうなったんだ？　ナミは目をこらしました。それをたしかめなければ安心できません。するととつぜん、

「ギャアアア！」

と、ナミが絶叫しました。岩がそのさけびをはねかえし、あたりに悲鳴がひびきわたりました。

「ワアアアアアア！」

と、ミントも似たようなさけびをあげました。

二人の目の前で、ギラがにらんでいたのです。まさかあれをくらっても平気だなんて……ナミはあきらめて、目をとじました。

ですが、ギラはなにもしてきません。そのおかしな時間にたえきれずに、ナミはおそるおそる目をひらきました。

ギラは、しずかにたたずんでいました。ぴくりとも動かず、まばたきひとつしません。ナミは、こわごわとさらに見つめます。先ほどとなにもかわりはありません。むきだしの牙に、どす黒い血でよごれた右目。あいかわらず恐ろしい顔つきをしていました。

ところが全体をながめてみると、体がだらんとし、背びれもしなびたようにはりがありません。そこで、ナミはようやく気づきました。

ギラは、すでに死んでいたのです……。

あれっ、とナミが首をひねりました。右目にあったモリがなくなっているのです。あれだけふかくつきさしたのに、とあたりを見まわしました。けれど、モリはどこにもありません。

すると、ミントがおしえてくれました。

「ナミ、ほらっ、モリならあそこだよ……」

と、ひれでさししめします。ただその方向にあるのは、ギラの右目でした。

「だからそこにないからさがしてるんだろ」

「ちがうよ。ほらっ、よく見てみなよ」

そのことばにしたがい、ナミは目をほそめました。血でよごれた右目の中に、小さな茶色の円がうかんでいました。

その正体がわかったと同時に、空から声がふりおちてきました。

「そうだよ。あんたのモリの柄の底だよ」

「ジマ！」

いつの間にか、ジマがこちらを向いていました。かなりつかれているように見えましたが、その表情ははれやかでした。

「あんたのつきさしたモリをわたしの尾びれが食いこませたんだ。かなづちでくぎをうつみたいにね。それが脳天をつきさして、そいつは死んだんだ。もしかしたら、尾びれの一撃だけでは生きていたかもしれないね……ナミ、ミント、よくやったよ」

二人とも満面の笑みをうかべました。ナミは、ミントの方を見ました。

「ジマがうまく釣りをしてくれたからさ。なあ、ミント」

「うん、トシッチがいってたもんね。『いいエサつけるからでけえエモノがとれるんだ』って」

ジマがうなずきました。

「ああ、あんたたちはとびきりいいエサだった。おかげでこんな見事なエモノをしとめたよ」

みんなではじけるように笑いました。そこにモメタがおりたちました。おそるおそる、ギラの死に顔をのぞきこんでいます。

「やっとおわったみてえだなあ……それにしてもよくこんなのやっつけれたもんだぜ」

ナミが文句をぶつけました。

「やっとじゃないだろ。モメタはいつも逃げて、全部おわったらもどってくるなあ。ちょっとぐらい戦ってくれよ」

「バカ野郎！　こんなくそおっかねえのと戦えるわけねえだろ。このはねは逃げるためについてるんだよ」

と、モメタはよくわからない自慢をします。ジマが、たからかにいいました。

「さあ、海峡をぬけるよ」

おう、とかけ声をあわせると、ナミはジマの背中にかけもどりました。軽く、足で背中をふみならします。ミントの小さな背中とはまるでちがいます。それが、ナミにとってたまらなくうれしいことでした。

ジマはまだ動きません。ジマ？　ナミはそう声をかけようとして、あわてて口をつぐみました。ジマは、ギラの死がいを見つめていました。どこかとおくを見るようなひとみです。それは、空と海の青さが入りまじったようなふしぎな色をしていました。

ナミとミントには、その目の色が意味することがわかりませんでした。ただモメタだけは、それが理解できました。そして、祈りをささげるように頭を少したれました。

マジックオーシャン

海峡をぬけると、すでに逃げのびたくじらたちがあつまってきました。ぶじにもどってきたジマたちを見て、全員が喜びの声をあげました。

マカロンの姿もありました。もう海にうかぶ体力すらないのか、仲間にささえられています。ミントがひれを大きくふりました。

「お母さん！」

マカロンはなんのことばもかえしません。ただおいおいと泣きながら、ミントを抱きよせるだけです。

トシッチとも合流しました。なぜかマカロンよりも涙をながし、「よかったなあ、おれっちマジで心配してたんだよ」と、ナミを力いっぱい抱きしめました。やめろ、やめろとナミは心底いやがりました。どんな子どもでも、こんなごっつい男に抱きしめられたくはありません。

さいごの海峡をこえることができました。あとは宝の海がまちうけるだけです。もうみんな、飢えとつかれで体はボロボロでした。けれど、どの顔にも笑みがうかんでいました。

ジマも、体をひきずるようにしておよいでいます。これまではみんなを不安がらせないように平気なふりをしていましたが、もうそんな余力すらありません。

「ようようジマ、だいじょうぶかよ」

トシッチが心配そうにたずねると、

「だいじょうぶなもんかい。年よりがあれだけ動きまわったんだ。つかれるにきまってるだろ」

と、らしくない弱音をはきつづけます。ですがそのひびきは明るく、みんなは胸をなでおろしました。

ナミはミントと遊んだり、ジャグリングをしたり、みんなとおしゃべりしたりして愉快にすごしました。

モメタとトシッチは、毎夜毎夜酒もりをしていました。あまりにうるさいので、ジマがしかりつけるくらいでした。けれどもちっともおさまらず、ジマはあきらめました。しまいにはくじらたちもまじりあい、みんなで陽気にさわぎました。

数日が過ぎると、海と風がさらに冷たさを増しました。トシッチがぶるっと体をふるわせ、ナミに声をかけました。

「なんだか一気に冷えこみやがったなあ、ナミって、おい」

と、たまげました。ナミががたがたとふるえているからです。さらに口まわりは鼻水だらけでした。冷凍庫にでも入れられたみたいです。

「だから上着を着ろっていっただろ」

「いやだ！　ただでさえ長そでを着てるんだ。そんなぶあつい服なんか絶対に着るもんか」

「……なんだってんだよ。おまえのそのこだわりは……原始人でもまだおまえより服を着たがるぜ」

トシッチがあきれていると、ジマが背中の手をのばし、ナミの足をつかまえました。

「はやく着させせな」

「やだ、やだ、やだ！」

着る着ないでもめていると、モメタが声をあげました。

「なっ、なんだ。あれ……」

ジマの手をふりほどくと、ナミはモメタにかけよりました。モメタが見ているのと同じ方向に目をくばります。灰色の雲がたちこめ、空がどんよりしていました。

「なんだ。ただくもっているだけじゃないか」

「ちげえよ。バカ。よく見てみろよ」

ナミはさらに目をこらしました。よく見ると、雲ではありません。無数の黒い点々が空をうめつくしているのです。少しずつその正体があきらかになり、ナミはあんぐりと口をあけました。

それは、しんじられない数の鳥の群れでした。

ギーギーと声をあげ、はねとはねをぶつけあいながら、いかにもせまそうにとびまわっています。まるで、世界中の鳥をこの空にあつめたかのようです。

ナミがぼんやりとたずねました。

「……あれ、全部モメタの兄弟？」

「そんなわけねえだろ。どんだけの大家族なんだよ。おれの母ちゃんは化けものか。それにあれはカモメじゃねえ。ミズナギドリだ」

はじめて見るその光景に、ナミとモメタが見入っていると、ジマがぽつりといいました。

「やっとついたね……」

そのひとことが、くじらたちの心にしみわたりました。あるものはごちそうに胸をはずませ、あるものはつかれきった体をふるいたたせました。そしてあるものは、亡くした子どもを思い、目をうるませました。

この長い長い旅が、ようやくおわりをむかえるのです。

とうとう目的の海へとたどりつきました。

流氷まじりの海はしびれるように冷たいのですが、だれもそんなことを気にしません。

そこは、オキアミであふれていました。海水ではなく、オキアミで海がうめつくされているみたいです。炭酸水のあわがはじけるみたいに、オキアミがぴちぴちととびはねていました。

どうしてここにはこれほどのオキアミがいるのでしょうか？

それは、この海には夏にとけた流氷がまじっているからです。その流氷にはたくさんの栄養がふくまれ、それが海へととけこみ、大量のオキアミが発生するのです。それは数億トンにものぼるほどの、とてつもない量でした。

オキアミだけではありません。オキアミをねらったさかなも、うようよとおよいでいます。ニシンでした。かぞえきれないほどの鳥たちは、このニシンを目あてにあつまっているのです。食うものと食われるものが、ごちゃごちゃに入りみだれていました。

「わっ、わっ……」

あまりのおどろきに、ナミはふつうに話すことができません。

ナミだけではありません。トシッチもぽかんと口をあけています。あごがはずれそうなほどのたまげかたです。すると、その口はしから声がこぼれました。

「これがマジックオーシャンか……」

ジマが愉快そうにいいました。

「だからいったろ。魔法としかいいようがないって」

本当にそのとおりだ、とトシッチはふかくうなずきました。ジマが、うしろの仲間に声をかけました。

「さあみんな、まちにまったごちそうだ。腹いっぱい食べようじゃないか」

一同が、たからかにほえました。そして、いっせいにオキアミの海へととびこみました。

宴のはじまりでした。

くじらたちは大口をあけて、ざぶさぶとオキアミを食べています。海にもぐってはオキアミを口にふくみ、呼吸をするために海面にあがっています。そして、ふたたび海にしずみこんで、オキアミをあじわいます。それを、何度も何度もくりかえすのです。

ジマも同じでした。山をもひとのみするような巨大な口の中に、オキアミがなだれこんでいきます。小さな湖なら干上がってしまうほどの量でした。でも、オキアミはつきる気配すらありません。まさに、魔法の海でした。

ほかの鳥たちとあらそいながら、モメタもニシンをついばんでいます。そして、

「うめえ！　なんだこりゃ！　身はこってりと濃厚なのに、あと味はあっさりとしてる。とっ、とまらねえ。くちばしがとまらねえ。何百匹でも食べられるぜ！」

と、はねをばたつかせました。そのままはねがちぎれるんじゃないかと心配になるほどのいきおいです。

ジマの邪魔にならないように、ナミはトシッチの船へとうつりました。甲板の上から、ためしにモリをついてみました。たったひとつきで、さかなが三匹ささっています。さらにくしざしにされても、まだぴちぴちとびはねています。ありえないぐらいの生きのよさです。

「トシッチ、すげえよ。ここのさかな！」

釣りざおをふりまわしながら、トシッチが興奮した面もちでかえします。

「ああ、とんでもねえ海だ。こんなに釣りが下手なおれっちでも、さかながばんばん釣れやがる。針にエサもつけてねえのにだぜ。しんじられねえ！」

「トシッチ、釣りなんかしなくてもいいよ。ほら見てみなよ」

ナミが甲板を指さしました。海から船へと直接とびはねてきたニシンの山で、床が

ぎっしりうまっていました。さかなを入れるための水槽に、ニシンが勝手にとびこんでいきます。トシッチが、うれしい悲鳴をあげました。

「なっ、なんじゃこりゃあ！　最高だ。最高の海だ！」

夢中でさかなをつかまえていると、とつぜん船がゆれはじめました。なんだ、なんだ、とナミとトシッチはこけそうになりました。

ジマはいったん口の動きをとめ、それからにやりと笑いました。

「きたね」

ナミは、ジマの視線の先を追いました。そして、あれっ、あんなところに山があったかな、と目をしばたたかせました。黒くて大きな山がずらりとならんでいるのです。さらにそれは、こちらに向かってきています。

それは、くじらでした。一体どれだけいるのかわからないほどのくじらの群れです。

ナミはとりあえずかぞえてみましたが、

「……九十八、九十九、百、あっ……えっと、えっと……ああもうっ、百からはかぞえられないんだよ！」

と、頭をかかえました。それほどの数のくじらだったのです。千頭以上はいます。さらにうしろにも、くじらの群れがつらなっていました。

一列になりながら、くじらたちがどんどんちかづいてきます。すると「くじら島だ。ジマ様だ」「まさかジマ様をこの目で見られるなんて」と、いっせいにざわめきだしました。

その集団はある地点でとまり、何頭かのくじらだけがこちらにやってきました。ジマほどではありませんが、かなり大きなくじらです。それぞれの群れのリーダーたちでした。

ジマがやさしく声をかけました。

「よかった。ぶじにこれたね」

その中の一頭が、うやうやしくこたえました。目はおちくぼみ、体中しわだらけです。ずいぶん年をとったくじらでした。

「いつもより被害が少なくてすみました。海峡でギラの死体を見かけましたが、あれはジマ様のしわざでしょうか？」

「まあね。うちの娘に手伝ってもらって、なんとかしとめることができたよ」

しわだらけのくじらが、ナミの方を見ました。

「なるほど。あれがうわさの『くじら島のナミ』ですか。それにしてもまさかあのギラをしとめてくださるとは。われらにとってはこれ以上のプレゼントはございません」

ほかのくじらたちも口ぐちに礼を述べ、そしてまた群れへともどっていきました。

ジマは、雲がふきとぶほどの大声でさけびました。

「みんなぶじでなによりだ。さあ、極上のこのスープを楽しもうじゃないか！」

くじらたちは同時にほえました。その風圧で船がさらにゆれます。そして、さっきよりも盛大な宴がはじまりました。

くじらたちがしずんではうかびあがるたびに大きな波が生まれ、ザブン、ザブンというすさまじい音がします。海がひっくりかえったかのようなさわぎです。その熱気にあてられたように、ミズナギドリが鳴いています。

そのうちくじらの一頭が、たからかな雄叫びをあげました。さらに一頭、もう一頭とそれに声を重ねあわせます。さいごには、くじら全員がいっせいにほえました。まるで、海を舞台にしたオーケストラです。それは、生きることを祝うための歌でした。

ジマがひときわ大きな声でさけびました。

「さあ、みんなあれをやろうか！」

全員が動きをとめて、背中をまるめました。

「さあ、いくよ。一、二の三」

ジマのかけ声にあわせ、くじらたちがいっせいに潮をふきあげました。これだけの数のくじらが、同時に潮をふいたのです。空が、一瞬でびしょぬれになりました。

「ナミ、上だ。上を見ろ！」

トシッチがさけびました。ナミは空を見あげ、声にならない声をあげました。

「……なっ、なんだ、これっ……」

そこは、虹であふれていました。

太陽と潮が、とてつもなく巨大な虹をつくりだしていたのです。二人ともこんな大きな虹を目にするどころか、想像したこともありません。

空は、七色にそまっています。

くじらたちはひとことも口をきかず、ただその光景に見入っていました。この虹色の空が、仲間や子どもをうしない、傷ついたくじらの心をいやしてくれるのです。そしてこれは、この冒険のおわりを告げるための儀式でした。

ふたたびくじらたちが歌いはじめました。世界にひとつしかない虹の橋の下で、その歌声はどこまでもひびいていきます。

ナミとトシッチは、ただぼんやりとその空を見つめていました。今この光景と音楽に身をゆだねなければ、これほどもったいないことはない。どちらも、心からそう感じたからです。

トシッチは、ふとナミの横顔を見つめました。そして気づきました。

そうか、ジマはナミにこれを見せてやりたかったんだな。

これほど危険な旅にナミを連れてきた理由が今ようやくわかったのです。それが、ジマの、くじらの子育てなのです。この経験をへて、くじらの子どもは大人へと成長していくのです。

そしてもう一度、虹いっぱいの空を見あげました。

くじらの子

宴は三日ほどつづきました。

それからもくじらの群れはつぎからつぎへとあらわれました。どのくじらも、お腹いっぱいにオキアミを口の中に入れました。それだけのくじらを満足させても、オキアミはまだあふれるほどいました。

ジマたちは、南の海へともどることにしました。いきとくらべると、くじらたちは見ちがえるようです。こけた頰は元にもどり、やせほそった体にはたっぷりと肉がつきました。マカロンにいたってはあまりに太りすぎて、べつのくじらみたいになりました。

帰り道のとちゅうで、仲間のくじらたちと別れました。この旅を思いかえして、涙ぐんでいるものもいます。みんな、またね、とナミはくじらたちに大きく手をふりました。ふと下を見ると、マカロンがまだいました。

「あれっ、マカロンはいかないの?」

「ミントがまだナミと遊びたいってきかないのよ」

マカロンが肩をすくめると、ミントがうれしそうにくるくるまわりました。

「そうか、じゃあミント遊ぼうよ」

ナミが海におりようとするところを、ジマがひきとめました。

「ナミ、そろそろ勉強の時間だ」

ナミはうんざりしました。

「えっ、またあ……さいきんずっと勉強じゃないか」

北の海をはなれてからというもの、ジマはさらに勉強させるようになりました。そのせいで、ナミのきげんはどんどんわるくなっていきました。

それをごまかそうと、「おれも字を習おうかなあ」とモメタがいいました。内心では、どうしてカモメに字が必要なんだよ、と思いましたが、しかたがありません。道づれができたことで、ナミもわずかにきげんをなおしました。

モメタはすぐに文字をおぼえました。世にもめずらしい、しゃべって、洗濯が得意で、字が書けるカモメになりました。

もう元の南の海は間近です。気温もあたたかくなり、海ももぐれるほどの水温になりました。およいで、さかなをつかまえることもできます。体を動かしたくて、ナミはうずうずしました。でも、ジマはそれをさせてくれません。勉強の時間があるからです。今日も教科書をひろげ、ジマは字をおしえていました。

「そうじゃない。『な』の書きじゅんはそうじゃないよ」

ナミはむっとしました。

「どうでもいいことなんてないさ。自分の名前ぐらいちゃんと書けるようにしとかなくちゃほかの人間に笑われる」

「ほかの人間なんかどこにもいないじゃないか。ここにはトシッチぐらいしかいないよ。だいたい字なんかおぼえてなんになるんだよ。もう神様に手紙もだしたしさ。そんなの意味ないよ」

これまでの不満があふれてきます。よどんだ空気を感じたのか、トシッチとモメタはこわごわ様子を見まもっています。

そろそろか、とジマは心をきめました。そしてしずかにきりだしました。

「いいか、ナミ、よくきくんだ」

ナミはまだふくれています。

「……なんだよ」

「おまえはこれから陸にあがるんだ」

ナミはぽかんとしました。

「なにいってんだよ。どうして陸なんかにあがらなきゃならないんだよ」

「おまえの母親の家族が見つかったんだよ。だからおまえはその家族に会いにいくんだ」

「母親って……お母さんのこと？　わたしのお母さんはジマじゃないか」

ジマはあきれていいました。

「くじらに人間の子どもが産めるわけないだろ。おまえにもちゃんとお母さんがいたんだよ。もう死んでしまったけどね。エマという名前さ」

「エマ……」

ナミはその名をくりかえしました。そのひびきに、記憶の底をかきまぜたような、ふしぎななつかしさをおぼえました。

「そのエマの父親や母親、そして姉さんがおまえに会いたいといってるんだ。だからおまえは陸にあがるんだよ」

「いやだ、わたしは海の子だ。ジマの子だ。陸になんか絶対あがるもんか」

予想どおりの反応でした。声にうそがまざらないように、ジマは注意していいました。

「なにもずっといろといってないだろ。たった一ヶ月ほどだ。一ヶ月たてばわたしがむかえにいってやる。それならいいだろ」

ナミは、ぶんぶんと首をふりました。

「いやだ！　一ヶ月でも一日でも一秒でもいやだ！　絶対、陸になんかあがるもんか！」

　これは予想外の反応でした。まさかここまで強情だとは思っていませんでした。見かねたトシッチが口ぞえしました。

「なあ、ナミ。ちゃんとおれがエマの家族の元まで連れていってやるからよ。それに陸にゃおもしろいもんやうまいもんがいっぱいあるぜ、なあ、モメタ？」

　モメタがあわててうなずきました。

「おっ、おうよ、ナミ、陸には海はねえけどよ、そのかわり湖はあるぜ。どちらも似たようなもんだからよ。それでいいじゃねえか。なっ、みんなで見にいこうぜ」

「いやだ、いやだ、いやだ！　わたしはここにいるんだ」

トシッチとモメタがかわるがわる説得をつづけましたが、ナミは首を縦にふろうとしません。どうしたものか、とみんなよわりはてました。

　そのとき、ジマの頭にある考えがうかびました。

「トシッチ、エマがユリアにおくった手紙あるかい？」

「ああ、もちろん。ちゃんとしまってあるぜ」

「すまないけど、それをもってきてくれないか」

　わかったとうなずくと、トシッチは小屋から手紙をもってきました。ジマが口をひらきました。

「ナミ、いいかい、おまえの母親のエマは、姉のユリアにおまえを会わせるとちゅうで事故にあい、死んでしまったんだ。これはその直前に、エマがユリアにおくった手紙だよ」

　手紙ということばにナミが反応しました。

「手紙をおくったの？　じゃあエマにとってユリアは大事な人だったってこと？」

「ああ、そうさ。手紙をおくるんだからね。大事な人だったんだよ。今からその手紙をトシッチに読んでもらうからよくきくんだ。トシッチ、たのむよ」

「おっ、おう、わかった」

　トシッチは、なぜか緊張した声でおうじました。他人の手紙とはいえ、人前で手紙を読みあげるのははじめてのことだったからです。そして一度せきばらいすると、ゆっくりと手紙を読みだしました。

『ユリアへ
ユリア、元気ですか？　わたしは元気です。もちろんナミも。あきれるぐらいおっぱいをのむので、もうほっぺたがぷくぷくになりました。

もうすぐユリアにナミを抱いてもらえるのかと思うと、うれしくてワクワクしちゃいます。それと、はやくあなたといっしょにミレルどおりのカフェに行きたいわ。昔みたいに。あの木もれ日のあたる席で、葉と葉が風でこすれあう音をききながら、ユグリッドさん特製のクリームたっぷりのワッフルを口いっぱいにほおばることを考えると、今からおなかがぐーぐーなっちゃいます（ナミがたくさんおっぱいをのむので、おなかがすいてしかたがないの）。

あーどうしようかな……ユリアに会ったときに話そうかと思ったけど、がまんできないからここに書いちゃいます。

なんと、ルークがルンカの学校で働けることになりました。パチ、パチ（ユリアもここで拍手して）。ずっと教師の口がないかさがしてたんだけど、まったくあきがなくて、あきらめようかと思っていた矢先に、数学の教師できてくれないかという知らせがきたの。

それが、偶然にもナミが生まれた日なのよ。もうびっくりしちゃった。あの子は絶対に幸運の女神にちがいないわ。

だから、これからはユリアのちかくにずっといられます。毎日いっしょにワッフルも食べられるわ。もう、うれしくてうれしくて。だからわたしがここで書いちゃう気もちもわかるでしょ。こんなにうれしいことを胸の中にしまっておいたら、体にわるいにきまってるもの。

ナミを育てるのも手伝ってちょうだいね。ユリアに子どもができないのは残念だけど、でもナミがあなたの子どもみたいなものよ。だって、わたしたちは二人で一人ですもの。昔からみんなそういってたわね（まあ、ユリアがわたしを助けてくれてばかりだったけど……）。

ああ、はやくナミのほっぺをつつかせてあげたいわ。ぷにぷにしてててとってもやわらかいのよ。やりすぎだっていつもルークにおこられるんだけどね。でもこんなに気もちのいいこと、とてもやめられないわ。

あっ、ナミが泣きだしたので、そろそろ筆をおくわ。会ったときのために、話すことをとっておかなくちゃね。このままじゃ全部ここに書いちゃいそうですもの。

では、ふたたび会える日を楽しみにして。

あなたのかわいい妹　エマより』

しばらくだれも口をひらきませんでした。その間をうめるように、波音だけがひびいていました。やがて、ジマがしずかにいいました。

「どうだった、ナミ？」

ナミはぼそぼそとこたえました。

「……うん、エマがわたしをユリアに会わせたかったっていうのがよくわかった……」

「そうだろ。これでもまだおまえは陸にあがりたくないっていうのかい？」

ナミは肩をおとすと、しぶしぶうなずきました。

「……わかったよ。陸にあがってユリアに会いにいくよ」

トシッチがナミの背中をたたきました。

「やっと決心したのかよ。安心しろ。おれっちがちゃんとユリアさんに会わせてやるからよお」

ナミが不安そうにもらしました。

「でも、ユリアって人おっかなかったらやだなあ……」

「バカ野郎！　おっかねえどころか、あんなきれいでやさしい人なんかどこにもいねえよ。おめえのおばさんってのがしんじられねえぐれえだぜ」

トシッチがあまりに熱っぽく語るので、ナミはなんだか気味がわるくなりました。

ジマが話をまとめるようにいいました。

「とにかくこれから陸にあがるんだ。だから恥をかかないように、人間のしきたりや文字をきちんと勉強するんだ。ユリアにがっかりされたくないだろ？　わかったね」

「……わかったよ。でも、陸にあがるのは一ヶ月間だけだからね」

「ああ、一ヶ月後にちゃんとむかえにいくよ」

ジマのその返事をきいて、トシッチとモメタの胸が痛くなりました。


その日から、ナミはおとなしく勉強するようになりました。毎日教科書をひろげ、ジマに文字をおしえてもらいます。おかげで、街の子どもたちよりもたくさんの字を書けるようになりました。

絵本や童話などのお話も、ジマに読んでもらいました。でも、「ねえ、この車ってなに？　船とはちがうの？」「ねえ、ねえ、さかな屋さんってなに？　さかながほしいのなら、自分で海でとってきたらいいじゃない」などなど、ナミがいちいち疑問をはさんでくるので、ちっとも前にすすみません。

さらに、フォークやナイフもつかえるようになりました。絶対手で食べる方がらくなのに……街の人間はちょっとおかしいんじゃない、とぶつぶついいながらも、どうにかつかいかたをおぼえます。

そしてとうとう明日、陸にあがるところまできました。

トシッチは、いったん村へともどることにしました。「ナミが陸に足をつけるところを見とどけたいから、わたしがちかよれる場所を見つけておいてくれ」という注文をジマからうけたのです。でも、ジマの大きさでは港に入るわけにはいきません。それにこんなでかいくじらが港にきたら、どんなさわぎになるかわかったもんじゃありません。

トシッチが船をだすというので、みんなで見送ることにしました。ナミは、ジマの胸びれの上にたっています。もちろん、モメタとマカロンとミントもいます。

「じゃあよ。夜にはもどってくるからな」

「うん、わかった」

ナミがそううなずくと、モメタがトシッチの肩にとびのりました。

「おうっ、おれもいっしょにいってやるよ」

トシッチは眉をよせました。

「なんでだよ。おまえとなんかといきたくねえよ」

「ごちゃごちゃいうなよ、いいじゃねえか、なっ」

といいながら、モメタはマカロンに目くばせをしました。その意味ありげな視線で、マカロンはぴんときました。いつものマカロンでは考えられないないほどの、すばやい反応です。

「ねえ、ミント。ちょっと二人で散歩でもいかない？」

「えっ、べつにいいけど……」

ミントはふしぎがりながらも、とりあえずうなずきました。

ナミと二人きりにしてくれるのか……ジマは、その心くばりをうれしく思いました。

そして、あのモメタとマカロンがそんな気づかいができるほど大人になったことをおかしがりました。

みんなが村へと向かい、ジマとナミの二人きりになりました。う～んとのびをしてから、ナミはノートを手にとりました。

「ジマ、じゃあ勉強しようか」

「いやっ、もう勉強はいい。文字もマナーもじゅうぶんおぼえたしね」

「じゃあなにをするのさ？」

「釣りだよ」

「えっ！　ジマが釣りをするの？」

ナミがたまげると、ジマがひそかに笑いました。

「わたしだって釣りぐらいできるさ。さあ、ナミ、わたしのひげにイカをくりつけておくれ」

と、ひげを背中の上にもってきました。ナミは生《い》け簀《す》からイカをとりだしました。生け簀とは、生きたさかなを入れておくための水槽のようなものです。ジマは背中をくぼませてそこに海水をため、生け簀がわりしていました。

ひげの先にイカがくくりつけられると、ジマは海の中にたらしました。しばらくすると、ひげが動きはじめました。

「きたね」

ジマがひげをひっぱりあげました。空からなにかがふってきます。

「わっ、わっ！」

ナミはとっさに身をかわしました。ドスンという音がすると、ナミの三倍以上もある大きなマグロがはねていました。まるで小魚を釣るように、いともかんたんにマグロを釣りあげてしまったのです。

「すげえ！　ジマすげえや！　こんなでっけえのをすぐに釣りあげちまった」

ジマは得意そうにいいました。

「これぐらいわけないさ」

そして背中の手をつかい、マグロを生け簀にほうりこみました。マグロを入れておくにはちょっと小さかったので、生け簀をひろげることにしました。生け簀はプールほどの大きさになりました。

生け簀でおよぐマグロをながめながら、ナミは首をかしげました。

「でも、わたしひとりでこんなに食べられるかなあ？　半分ぐらいなら食べられると思うんだけど、全部はむりじゃないかなあ」

「これは食べちゃだめだ。ユリアにやるみやげだよ。人間はだれかの家をたずねるときは、みやげをもっていくんだ。マグロは陸ではずいぶん貴重なもんだからね」

「みやげかあ。そういや、本にもそんなこと書いてたね……でもさあこんなでっかいのをどうやってユリアの家までもっていくの？」

ジマは声をつまらせました。はこぶことをまるで考えていませんでした。

「……まあ、それはトシッチがなんとかするさ」

と、うまく逃げることにしました。

あとは空をとぶ鳥をかぞえたり、絵本を読んだりしてすごしました。なにかとくべつなことをしようとは思いませんでした。ジマは、いつもの日常を心ゆくまであじわいたかったのです。

するとジマがこんなことをたのみました。

「ナミ、ちょっとそこにたってておとなしくしとくれないか？」

「えっ、べつにいいけど……」

ナミは、疑問に感じながらもその指示にしたがいました。

赤んぼうのころにくらべると大きくなったもんだ。この子が大人になったらどれぐらいの重さになるのかね……そんなことを思いながら、ジマはナミの体重をはかっていました。けれども大人になったナミの重さを感じることはできません。ジマは、少しさびしくなりました。

夜になると、みんながもどってきました。

これが、ナミがジマの上でくらすさいごの夜となります。ジマはお腹にためていた、とびきり上等のさかなをふるまいました。世にもめずらしい黄金にかがやくさかなでした。

口にしたとたん、モメタがとびあがりました。

「うめえ、なんだこれ。さかなか、これはさかななのか。さかなの形をしたべつの食べものなんじゃねえのか。もうこんなうめえものを表現することばなんかねえよ。だれかあたらしいことばつくってくれよ！」

トシッチとナミは、刺身にして口にしました。さかなの身が口の中でとろけ、舌がそのおいしさにあわてふためいています。モメタのことばがおおげさでないほど、すばらしい味でした。

そして、宴会がはじまりました。

トシッチが、大きなライトであたりを明るくしました。モメタのさかなキャッチや、ナミのジャグリングでおおいにもりあがっています。マカロンやミントも、ひれをたたいて喜びます。

トシッチはビールを口にしながら、ぼんやりその光景をながめていました。

みんなでこんな夜をすごすのも、これでさいごなんだな……

そんなことを思い、つい涙ぐんでしまいました。ナミが、目ざとくそれを発見しました。

「あっ、トシッチ、なんで泣いてんだよ」

「バカ、泣いてんじゃねえよ。ちょっと潮が目に入っただけだ。さあ、つぎはおれっちがジャグリング見せてやるか。まだまだ、ナミにゃ負けねえぜ」

と、トシッチは棍棒を手にとりました。

そうして夜ふけになりました。ナミは遊びつかれたのか、もう小屋の中で眠りについています。星空の下で、トシッチとモメタはまだ酒をのんでいました。

ジマはナミのいびきをたしかめると、マカロンに呼びかけました。

「マカロンは起きてるかい？」

「起きてるよ」

と、マカロンがひれで海面をたたきました。ミントは、そのとなりでぐっすり寝ています。

「そうかい、じゃあみんなきいておくれ」

その真剣な声を耳にして、トシッチとモメタはしゃんとしました。全員がきく姿勢になったことを確認すると、ジマはおもむろにきりだしました。

「みんな、今までごくろうだった。おまえたちがいなきゃ、とても人間の子どもを育てることなんてできなかったよ。感謝してるよ」

トシッチが照れたように頭をかきました。

「よせやい、おれっちはたいしたことしてねえよ。ジマががんばったからさ、なあ、モメタ」

「まあ、おまえはたしかにたいしたことしてねえけどな。おれなんか湖でナミの服をずっと洗濯してたんだからな」

と、当時の苦労を思いだしたのか、モメタはふるえあがりました。

ジマがしみじみともらしました。

「ああ、みんなありがとうよ」

心からのことばでした。それをかみしめるかのように、トシッチとモメタは口をとざしました。

そして、ナミとはじめて会ったときのことを思いかえしました。その愛らしい姿は、今もありありと思い描けます。

そのときでした。胸のわだかまりをはきだすように、モメタがしんちょうにきりだしました。

「なあ、ジマ……」

「なんだい？」

「あのさあ、やっぱりナミには本当のことといった方がいいんじゃねえかなあ。ジマはあれだけがんばってナミを育ててきたんだぜ。一ヶ月後にもどるからなんてうそついて、あっさり別れるなんてよお。そんなのさびしいじゃねえかよ。もう自分の娘と二度と会えないんだぜ。本当にそれでいいのかよ」

トシッチがさんせいしました。

「おう、おれっちもそう思うぜ。このままじゃジマもナミもかわいそうだ。別れるんならうそなんかつかないで、きちんと別れようぜ。今のナミならわかってくれるさ」

「……わたしもそうした方がいいと思うよ。ジマ」

マカロンも遠慮がちにいいました。

ジマはなにもこたえません。ただ、考えをまとめるように両目をとじました。全員が、ジマのつぎのことばを待ちました。けれども、ジマは一向に口をひらきません。

それは、あまりに奇妙な間でした。時間を感じる神経の糸がぐちゃぐちゃにもつれたように、みんなその時間が長いのか短いのかもわかりません。まるで、時間の迷路に迷いこんだみたいです。

ジマはようやく目をあけました。そして、ささやくようにいいました。

「……それはできない」

全員がおどろきました。ジマは必ず承知してくれるものだ、としんじきっていたからです。モメタが声をあらげました。

「なんでだよ！　なんでうそをついたまま別れるんだよ！」

ジマはふかく息をはきました。それは海の底にまでとどくような、重くるしい息のかたまりでした。

「わかった。おまえたちには本当のことをおしえておく。

ナミを陸にあげるといったのはね、たしかにそろそろ潮時だというのもあるけど、本当はもっとべつの理由さ……。

わたしは、もうすぐ死ぬんだ」

思いもよらない告白に、一同がぎょっとしました。ことばの意味はわかります。でもそれを心がうけいれてくれません。

ジマが死ぬ……。

それはありえないことでした。海や空が死ぬことがないように、ジマが死ぬことなどだれも考えません。

トシッチがいちはやくたちなおりました。そして、声をふるわせてききかえしました。

「……死ぬって、病気かなにかになったのかよ？」

「いや、寿命さ。ほかのくじらにくらべればずいぶん長かったけどね。やっとわたしにもおむかえがきたんだよ」

「なんでそんなことがわかるんだよ」

「わたしはくじら島だよ。この海で知らないことはなにもないさ。それがたとえ自分の寿命であろうとね」

ジマはおかしそうにいいましたが、だれも笑いませんでした。

一回目の海峡をぬけたときにジマの体をおそった奇妙なゆれ。あれはジマに寿命を知らせる合図だったのです。

とつぜん、マカロンが泣きはじめました。

「わっ、わたし……ジマが死んじゃったら、どうしたらいいのか……」

その大きな泣き声で、ミントが目をさましました。とつぜん自分の母親が子どものように泣きじゃくる姿を見て、ミントはびっくりしています。

ジマがやさしく声をかけました。

「なにをいってるんだい。もうおまえはりっぱな母親じゃないか。ギラにもたち向かえたろ。わたしなんかいなくともじゅうぶんやっていけるさ」

「でも……でも……」

マカロンはまだ泣いています。見かねたミントが、「お母さん、だいじょうぶ?」となぐさめました。モメタがやっと口をひらきました。

「……だからナミにうそをついて別れる気なのかよ」

ジマは、おもおもしくうなずきました。

「ああ、そうさ。わたしが死ぬということは、あの子にとって親と家の両方をうしなうことなんだ。ナミは、まだ子どもだ。そんなつらいことをいえるわけがないだろ。一ヶ月後、わたしにだまされたとナミは悲しむかもしれないけどね。でも、あの子にはすてきな人間の家族がいるんだ。わたしのことなんかすぐに忘れて、あらたな人生を歩んでいくさ」

「でもよぉ……それで本当にいいのかよ……」

モメタは、今にも泣きだしそうな顔になりました。トシッチがたしなめるようにいいました。

「……モメタ、母親のジマがきめたことなんだ。もうなにもいうな」

モメタがみだれた声でかえしました。

「うるせえ！　おれだってナミを育てたんだ。家族なんだ」

すると、トシッチが目をうるませました。

「……おれっちもそう思ってるよ。みんな、家族だって。仲間だって……」

ジマは太い息をはき、話をたちきるようにいいました。

「そういうことだから、くれぐれもナミに気づかれないように気をつけてくれよ。ほらっ、マカロンも明日はめそめそするんじゃないよ」

「……うん、わかった」

マカロンは涙まじりの声でこたえました。

「でも、おまえたちだけにでも本当のことをつたえられてよかった。さあ、もう夜もおそい。明日にそなえて、もう寝ないと」

みんなのやりきれない気もちを無視するように、ジマはさっさと目をとじました。

トシッチとモメタはたちつくしていました。どちらも頭の中はまっ白です。なにをどう考えたらいいのかもわかりません。

ふたたび、マカロンのしゃくりあげる声がきこえてきました。ジマが死ぬことは、マカロンにとって耐えられないことなのです。ミントはおろおろしながら、そんな母親をなぐさめていました。

トシッチが、モメタに声をかけました。

「……おれっちたちもそろそろ寝るか？」

モメタが首をふりました。

「いや、おれはまだ眠くねえからよ。先に休んどいてくれよ」

そうか、じゃあ明日な、といいのこし、トシッチは小屋に向かいました。

モメタは空を見あげました。立派な満月がうかんでいます。そのまるい月にといかけるように、口の中でなにやらつぶやきました。そして、決心するように前に向きなおりました。

翌日になりました。

空ははれわたり、雲ひとつありません。波が太陽の光をはねかえし、海がきらめいています。すばらしい晴天です。別れの日に雨じゃなくてよかったよ、とトシッチはひと安心しました。

トシッチの船を先頭にして、ジマとマカロンがつづきました。ナミはまっすぐ前だけを見すえていました。どこか表情がかたく、まばたきもしません。

モメタがたずねました。

「どうしたんだよ。緊張してるのかよ？」

「……うん」と、ナミはすなおにみとめました。「だって陸ってジマの背中みたいにはずまないだろ。そんなところでうまく歩けるかなあ？」

「バカ、陸の方が歩きやすいにきまってるだろ」

「じゃあさあ、モリはもって歩いてもいいのかなあ？　絵本にでてくる子どもたちはだれもモリをもってなかったけど」

「うーん」と、モメタは考えこみました。「まあ、時と場合によるんじゃねえか。陸にもシャチみてえなわるいやつらはいるからよお。そんな悪人はモリでつきさしてやんねえとなあ」

「そうかあ。モリはいいのか」

と、ナミはうれしそうにモリをかかげました。

みんなでわいわいとしゃべりながら南へとすすんでいきます。油断すれば気もちがしずんでしまうので、だれもが明るくふるまっていました。ジマからすると、少しわざとらしいほどでしたが、ナミが気づく様子はありません。

船を操縦しながら、トシッチが歌をうたいます。漁師の舟歌です。

「へたくそ、やめろ」

モメタが笑いながらひやかすと、トシッチは顔をまっ赤にして、

「うるせえ！　おれはおまえたちにきかせてんじゃねえ。海にきかせてるんだ」

と、どなりました。それからトシッチの歌にあわせ、みんなで歌をうたいました。

そんなふうにして何時間かがたちました。そろそろ夕ぐれの時刻です。とつぜん船

の速度がおそくなりました。ジマが、おさえた声でたしなめました。

「トシッチ、ふつうの速さでいいんだ」

トシッチはふりかえりました。

「でもよ……」

「いいんだよ」

「……わかったよ」

あきらめたようにそういうと、船足が元にもどりました。ナミがきょとんとしたので、モメタはあわてて話しかけました。

肌をなでる風が微妙にかわりました。ナミは前に向きなおり、じっと目をほそめました。そして、あっと声をあげました。

「陸だ。陸が見えるよ！」

土と草におおわれた地面が見えました。右手には港があり、家もちらほらと見えます。あれが家か……絵本とはちょっとちがうな。ナミは、その光景から目をはなすことができません。トシッチは、首だけをうしろに向けてさけびました。

「ジマ、左だ。左に崖が見えるだろ。そのあたりにつけてくれ」

船が、左へとかじをきりました。その方向には、たしかに崖がありました。ジマの半分ほどの高さの崖で、その上にはうっそうとした森があります。あれなら目だたないね、とジマは安心しました。

トシッチは崖下に船をつけました。そしてわきの小道をかけあがると、崖の上へとでました。

「こっちだ、こっち」

大きく手をふり、ジマをみちびいてくれます。ジマは波をおこさないように細心の注意をはらいながら、ゆっくり崖へとちかづきました。

よしっ、だいじょうぶだ、というトシッチの合図で動きをとめました。崖と体の隙間は数センチほどでした。

トシッチが大声でたのみました。

「おーい、ジマ。おれっちを上にあげてくれないか」

ジマはひげをつかい、トシッチを背中の上にあげてやりました。

「ジマ、ちょっとまってくれ。おい、ナミ。ちょっと小屋にきてくれよ」

「なんだよ」

と、みんなでそろって小屋の中に入りました。トシッチは手にもっていたふくろをナミにわたしました。

「ほらよ。おれっちからのプレゼントだ」

「えっ、プレゼントなんかくれるのか？」

ナミは目をかがやかせて、ふくろのひもをあけました。ところが中のものを見て、がっかりしました。

「なんだよ。こんなのいらないよ……」

「陸にあがるにゃこれが必要なんだよ。わかったな」

ナミはふくれっ面のまま、しぶしぶとうなずきました。すると、モメタもふくろをわたしました。トシッチよりは小さなふくろでした。

「ほらよ、ナミ。おれからもプレゼントだ」

「えっ、モメタもくれるの」

ナミがふくろをあけようとすると、モメタがいそいでとめました。

「おれらがいなくなってからあけてくれよ。陸にあがったときに必要なもんだからよ」

「えーっ、なんで今じゃだめなんだよ」

「とにかくそうしてくれって」

と、モメタがたのみました。いつになく真剣な声なので、ナミはふくろから手をはなしました。

「じゃあよ、準備がおわったらでてこいよ」

トシッチがそういいおき、モメタといっしょに小屋からでました。

トシッチが、肩の上にいるモメタにききました。

「おい、おめえの陸にあがるのに必要なものってなんだよ？」

「……まあ、たいしたもんじゃねえよ」

と、モメタはそっけなくかえしました。トシッチは少し眉をしかめましたが、まあいいか、とそれ以上なにもたずねませんでした。

すると、ジマが思いだしたようにいいました。

「そうだ。トシッチ、生け簀の中にマグロがいるだろ。それをナミの家族にもっていっておくれ。わたしからのみやげだよ」

トシッチが生け簀の方を見ました。

「みやげって……こんなでけえマグロどうやってもっていくんだよ」

「まあ、なんとかなるだろ。まかせたよ」

と、ジマはひげでマグロをもちあげ、崖の上へとおろしました。

どうやってはこぼうかとトシッチが頭をなやませているあいだに、ナミが小屋から

でてきました。その格好を見て、トシッチはにやりと笑いました
とうとう、ナミがジマからおりることになりました。ナミは、緊張した面もちで背中のはしにたちました。

「ほらっ、ナミ、おりろよ。これぐらいの高さ、いつも平気でとびおりてるじゃないか」

「うん……」

ナミは、腰をひいたまま下をのぞきこみました。いつもの青の海ではなく、土色の地面がまちかまえています。ナミには、それがぶきみでなりません。

見るに見かねたのか、トシッチが声をかけました。

「ナミ、おれっちといっしょにおりるか？」

ナミはぶんぶんと首をふりました。

「いい、自分でおりるから」

とはいうものの、ナミは一向に動きません。まるで地面ににらまれ、石にでもされたようです。どうしようか、とトシッチとモメタが顔を見あわせていると、ジマがおだやかな声をかけました。

「……だいじょうぶだ、ナミ。海も陸もかわらないよ。どっちもおまえをまもってく

れるもんさ。安心しな」
そのひとことが、ナミの心に火をつけました。体中の勇気をかきあつめ、それを両足にこめました。そして、えいやととびおりました。

いつもの空が目の前をかけぬけ、その直後にあざやかな森の緑が見えてきました。そして、足の裏にずしんとした衝撃をおぼえました。

海とちがってかたいな……

そう思いながら、ナミは地面を足でふみました。そうしていると、そのかたさの中にふくまれる、ほのかなやわらかさに気づきました。

そこで、ジマはナミに目をおとしました。そして、おどろきの声をあげました。

「……ナミ、おまえ、それ……？」

われにかえったのか、ナミはもじもじしはじめました。トシッチとモメタもおりてきました。トシッチがかわりにこたえました。

「どうだい、ジマ？　よくにあってるだろ？　おれっちがえらんだんだぜ」

ナミの服装がいつもとちがいました。フリルのついた白いシャツに、菜の花のような黄色いスカート。さくら色の靴をはき、髪どめまでつけています。その髪どめは、くじらをあしらったものでした。

「わたしはいやだったんだけど、トシッチが陸にあがるには必要だっていうからさあ……」

よほど恥ずかしいのか、ナミはうつむいています。ジマはうれしそうにほめました。

「ナミ、よくにあってるよ。これなら陸のどんな子どもたちよりもかわいいにきまってるさ」

「ジマ……」

ナミは前を向きました。ジマの大きなひとみの中に、自分の姿がうつっていました。それを見て、こそばゆいようなうれしいような、なんだかおかしな気もちになりました。

ジマは、じっくりナミを見つめました。

よくここまで大きくなったもんだよ。はじめはエマにたのまれてしかたなく育てたもんだが、今考えるとあれほど楽しい時間はなかった。子どもを亡くしたわたしに、神様がプレゼントをくれたのかね。この子を育てることができて本当によかった――

その感動をかくすように、ジマはそっけなくいいました。

「じゃあわたしはいくとするかね。トシッチとモメタ、ナミのことはたのんだよ。ナミ、一ヶ月後にここにむかえにきてやるからね」

「うん……」

ナミは小さくうなずきました。

ジマがそのまま背を向けようとしたので、トシッチがあっと声をあげました。今にも泣きだしそうな顔つきです。ジマは、それをとっさに目で制しました。トシッチはあわてて涙をひっこめ、手で口をふさぎました。

トシッチとはちがい、モメタはしずかにしていました。ただその視線は、ずっとナミの横顔にそそがれていました。

マカロンがあとを追ってこようとしたので、ジマは首を横にふりました。

「マカロン……ここでいい。ここで別れよう」

「でっ、でも……」

マカロンは、祈るようにしてジマを見あげました。けれど、ジマの決意がこもった目線に負けたのか、すぐあきらめたようにうなだれました。

とうとうジマがふり向きおえました。

すべておえたことで気がゆるんだのか、体がどっとつかれました。でもそんなつかれも、もうすぐあの世にいくジマにとってはどうでもいいことに思えました。

顔をあげると、海は夕日にそまっていました。まるで、金色のじゅうたんが海にしかれているようです。

せっかく神様がこのうつくしいじゅうたんを用意してくれたんだ。この上をまっすぐおよいで、力つきたところで眠りにつこうかね……

そして、ゆっくりとおよぎはじめました。

そのときでした。

「ジマあああ！！！」

とつぜんさけび声がしました。夢からさめたように、ジマはおどろいてふりかえりました。

声の正体は、ナミでした。ナミは、さらに声をはりあげました。

「ジマあ！！！　ジマはこれから死んじゃうんでしょ！　いなくなっちゃうんでしょ！」

ジマはぎょうてんしました。だれも、ナミにそんな話をしていないはずです。ナミはずっとジマの上にいました。もしだれかがおしえたのなら、ジマにはその声がきこえるはずです。なのにどうしてナミが知っているのか……わけがわかりませんでした。

ジマと同じく、トシッチもおどろきました。

「おっ、おい。どうしておめえがそのことを知ってんだよ」

涙をぼろぼろとながし、ナミは声をつまらせながらこたえました。

「モメタが……モメタが手紙でおしえてくれたんだ。ジマがもうすぐ死んじゃうって。だから、ジマがわたしを悲しませないようにうそをついて別れようとしてるって……」


するとモメタが泣きだしました。

「ごめん！　ジマ！　ごめんなさい！　おれっ、おれっ、だまってられなかった。やっぱりナミとジマがこんな別れかたするなんて、どうしても、どうしてもたえられなかったんだ！」

ジマに真実を告げられた昨日の夜――

モメタは、ナミに本当のことをつたえる決心をしました。ですが口でおしえれば、ジマにさとられてしまいます。そこで手紙にしたためることにしました。人間は口に出してつたえられないことを手紙に書くんだ。以前、ジマがそうおしえてくれたことを思い出したからです。それからその手紙をふくろに入れて、ナミに手わたしたのです。

そして手紙のさいごに、『ジマの気もちを考えて、なにもいわずに別れるかどうかはナミにまかせる』と書きそえました。

ひっくひっくとしゃくりあげながら、ナミがさけびました。

「わたし、わたし……ジマがそうしたいんなら、このまま別れようかと思った。だまって見送ろうかと思った。でも、むりだよ。そんなのむりだよ。だって、わたし、ジマになんのお礼もいってないもん。

ジマあ！　今まで育ててくれて、

こんなに大きくしてくれて、

ありがとう！

本当にっ、ありがとう！

わたし、元気で生きてくから、

絶対、絶対、元気でいるから、

天国から見まもっていてねえ！！！」

その瞬間、ジマは目頭にあついものを感じました。そして、そのなにかが目の奥からこみあげてきました。

そのあたたかさとなつかしさに、ジマはとまどいました。それは、もう過去に置いてきたと思っていたもの。すでに自分の体からはうしなわれたと考えていたもの——

それは、涙でした。

このわたしが泣くなんてみっともない……ジマはけんめいに涙をとめようとしました。

けれど、どうしてもとめられません。涙はとめどなくながれ、頰をつたい、海をぬらしています。ついに、ジマは泣きやむことをあきらめました。

そうすると胸の奥底から、眠っていた想いがあふれました。

「オオオオオオオオオオオ!!!」

ジマは、たからかにほえました。

それはナミに、ナミを産んでくれたルークとエマに、そして、ナミを育ててくれたすべての海に感謝するような、心のさけびでした。

それに合わせて、ナミも声のかぎりにほえました。トシッチも、モメタも、マカロンもミントも、みんなみんな泣きさけびました。

その声は、いつまでもいつまでも海にとどろいていました。

本書は二〇一七年に小社より刊行された単行本を一部修正の上、文庫化したものです。

くじら島のナミ

浜口《はまぐち》倫《りん》太《た》郎《ろう》

発行日　2021年6月30日　第1刷

Illustrator　丸紅茜
Book Designer　bookwall

Publication　株式会社ディスカヴァー・トゥエンティワン
〒102-0093　東京都千代田区平河町2-16-1
平河町森タワー11F
TEL　03-3237-8321(代表)　03-3237-8345(営業)
FAX　03-3237-8323
https://d21.co.jp/

Publisher　谷口奈緒美
Editor　藤田浩芳　志摩麻衣

DTP　アーティザンカンパニー株式会社
Printing　株式会社暁印刷

ISBN978-4-7993-2750-0